TILL THE END OF THE WORLD

南 极 绝 恋

吴有音 著

献给那些曾经为了梦想，
承受失去，忍受嘲笑，接受寂寞的同道中人。

「如意,如果明天得救了,你回去后会做些什么?」
「好好生活。」

CHAPTER

1

十一月，西南极，德雷克海峡一带，极昼。

富春醒来时，发现自己被保险带绑在飞机座椅上，脸朝下趴在一片雪地里。他解开保险带，哆哆嗦嗦地往前爬了几米，慢慢坐起身。

此时正值南极夏季，远处群山冰雪消融了些许，裸露出成片的黑色岩石。除此以外，唯有白茫茫一片大地，日不落一片天空。

不远处那架 Twin Otter DHC-6 小型飞机从中间断裂成了两截。飞机的左翼还连着机身，机翼上的引擎还在熊熊燃烧。整个右翼不知哪儿去了。这架飞机原本计划从世界最南端的位于智利的小城蓬塔飞往南极内陆的俄罗斯前进站。

富春控制不住地浑身发抖，他搓了搓已被冻僵的双手，从头顶开始摸起，一直摸到脚后跟。他边抖边摸，摸得很仔细，不放过任何一个地方，来回摸了两遍，这才确信自己的胳膊、腿什么的都在。

他鼓起勇气，慢慢站起身，试着走了两步，脚一软，又坐下了。

他回望飞机残骸，里面传出一声凄厉的呻吟。

他没有动。

又传出一声惨叫，他站起身，犹豫着向残骸靠近。

这时飞机下面的雪地里发出一声怪响，像闷炮。富春毫不犹豫，转身就跑。

脚下的雪只在表面结了硬硬一层冰。他用力一踩，硬结的雪面破裂，人立刻陷落到齐腰深的软雪里。他手脚并用，连滚带爬，一口气逃出二三十米，远离了飞机残骸，这才停下来。

他坐在地上，累得忘了哆嗦，回头疑惑地望着断裂的机舱。

机舱里又传出一阵惨叫。

起风了，富春哆哆嗦嗦从衣兜里摸出一根粗大雪茄，咬开雪茄屁股叼在嘴上，发现身上没有火，又放回兜里。

他就这么盯着那个断裂的机舱，始终不敢动一下。

两只贼鸥飞来，停在不远处，一起望着这一幕。

富春在时断时续的惨叫声里思想斗争了好一会儿，这才站起身，小心翼翼向机舱靠近。

机舱里的呻吟声越来越痛苦，他走近机舱，没有进去。

他慢慢围着飞机转了一圈。

驾驶室的玻璃上全是血，引擎上的螺旋桨断裂下来，像飞刀一样斜插入机身。

他犹豫了一会儿，鼓起勇气，从断裂处进入了机舱。

从蓬塔起飞时，这架小飞机里总共有四个人：飞行员，一个年轻的金发女孩，他自己，还有一个也来自中国的女人。

现在，插入机身的螺旋桨打在那个金发女孩的背上，她侧躺在地，鲜血从背后巨大的伤口中汩汩流出，绒线帽下的面颊上还留有一丝生气，眼睛睁着，望着富春。

富春望着她，手又抖起来，接着腿也抖起来，最后前胸后背一起抖起来。

他咬着牙，蹲下身，凑近金发女孩，闭上眼，伸直手，摸了摸她的脉搏，已经不跳了。

他触电似的缩回手。

机舱外面的风更大了，狂风从机舱断裂处吹进来，发出瘆人的呜咽声。

呻吟声从座位下传来，他看到了那个中国女人。

富春走近被压在变形座位下的女人，想用力搬开座位，但是失败了。他放开手，略微上抬的座椅往下一沉，女人立刻惨叫一声。富春看到她的左腿被死死卡在座位下，整条腿外撇出一个夸张的角度——已经断了。

女人抬起头，脸色苍白地望着富春，这时飞机下又发出了喀喇一声响。

富春脸色一变，扔下女人，跑出机舱。

这次他跑了十几米远，惶恐四顾，未见异样。

他想了想，趴下身，把耳朵贴在地上，未闻动静。

富春观察了机舱一会儿，里面断断续续传出女人的惨叫，他再次向它跑去。

他跑进摇摇晃晃的机舱，一把抓起自己的登山包，背在身上，又迅速环顾了一下，抓起那女人的登山包爬出机舱。

"喂！"那女人叫他。

富春站在机舱断裂处，将两个背包奋力扔到外面。

他跑回机舱，发现有个大行李箱离他不远，便拖出来扔到外面。还有几只防水箱，富春用最快的速度把它们一个个都扔到外面。

"浑蛋！先救我啊！"那女人怒斥。

机身下又发出一声巨响，富春吓得迅速跑出机舱。

他站在机舱外面百思不解，哆嗦了一会儿，再次跑回机舱，女人正试图把压住自己的座椅挪开。

"我们得快点离开这儿！"富春道。

女人放开纹丝不动的座椅，喘着粗气，上半身慢慢躺倒。

富春再次咬牙切齿地去抬那个连同地板整个拗起来的沉重座椅，试图抬起一条缝隙，能让女人把腿拖出来。

"往外爬呀，把腿拔出来！"富春拼尽全力，双手将座椅往上提。

女人试了试，腿还是被卡在座位下。筋疲力尽的富春缓缓松手，女人强忍不住，又发出一声呻吟。

"没救了。"女人道。

"刚才是什么声音？"他问。

女人摇摇头。

"你走吧。"女人擦去额头上的冷汗道。

富春四顾，右手边是严重变形的驾驶室，机长的座位后有一个灭火器。

他伸出一根手指，捅了捅机长。

机长背对着富春，垂着头，被保险带牢牢绑在座椅上。前挡风玻璃上不仅有他的血，还有白色的脑浆。

富春缩回手，解下灭火器，交给女人。

"我喊一二三把它抬起来，你就把灭火器塞到椅子下面去！"他命令道。

女人痛苦地摇着头，颤声道："我不行了。"

死去的金发女孩望着这一幕。

富春望了一眼窗外越来越大的风雪，转头冲女人吼："别说丧气话！"

他双手扳住座椅，双腿叉开，猛提一股气，暴喝一声，拼尽全力将座椅抬起了大约十厘米。

女人忍住剧痛，在富春的暴喝声中，趁机将灭火器塞进缝隙中。

富春慢慢松开手，连同地板整个拗过来的座椅再次弹压回去，只是这次被灭火器顶住了，留下了十厘米缝隙。

女人试着将腿往外拔了一下，再次发出一声惨叫。

这时飞机晃动了一下，下面又有一声类似木板断裂的喀喇声，整个飞机往下陷了一点。

富春跳起来，跑出机舱，发现飞机四周的冰雪裂开了。

他趴在地上，往冰缝里看，发现是流动的海水。

他倒抽一口冷气，放眼望去，只见白茫茫一片冰雪连着天际，太阳斜挂在远处连绵的冰山上。

陆地上为什么会有冰山？随即他就想通了——这是坠毁在海冰上了。

他环顾四周，身后很远处有一座尖顶的高山，整座山被冰雪盖着，山腰处裸露出一大片黑色的岩石。富春明白，那里才是陆地。

机舱开始倾斜起来，猛烈往下陷了几下，过了一会儿似乎在冰面上卡住了，没有再往下陷。

富春捏了捏拳头，盯着机舱吸了口气，跺了跺脚，再次跑进机舱，扶起女人，从背后抱住往外拖。

女人咬牙忍了几下，惨叫道："放手放手，不行不行！我快痛死了……"

富春道："我们掉在海冰上，飞机下面的冰裂了，再不出去，就会掉进海里。"

"鞋子卡住了。"女人痛苦地咬着嘴唇，血从洁白的牙齿间渗出来。她痛得浑身哆嗦。

富春骂了句脏话，放开女人，趴在地上飞速解她鞋带。

女人左腿夸张地外撇着，富春开始用力脱那只鞋。女人左腿被掰动了，惨叫一声道："痛死了，你放手，这是南极，就算把我弄出去了，一场暴风雪就冻死了。"

"飞机上有黑匣子，救援会找到我们的。"富春道。

他硬生生将她的左脚从厚厚的雪地靴中拔了出来，然后跑到她身后，从背后抱起，使劲往外拖。

女人痛得浑身颤抖，流着眼泪鼻涕叫道："你放手……啊！你放过我吧……啊！浑蛋！你放开我……哎哟，哎哟，痛死了，你放开我，啊！啊！你放手！"

富春近乎残忍地将女人拖出座椅，她痛晕了过去。飞机下发出一声巨响，筋疲力尽的富春拖着女人的衣领，玩命地往外爬去。他发现有个急救包掉在前面座位下，伸手一钩，没钩到。

飞机又一沉，富春提起一口气，拖着女人的衣领爬过机舱断裂处，一直爬到机舱外的安全冰面上。女人的断骨处被触动，痛醒了，发出一声难以形容的惨叫，又昏死过去。

富春一路拖着女人往外爬了三十多米才停下。他发现飞机下的冰裂缝中不断涌出海水，机舱往下沉了几次，又被卡住了。

富春观察了一会儿，咬了咬牙，再次跑进机舱。

他侧躺在地上，伸直手臂，拼尽全力想把座位下的那个急救包钩过来，可每次都只差几毫米。那个金发女孩和他面对面躺着，她睁着眼，像个活人那样，静静凝望着他。

富春缩回手，望着金发女孩，打了个冷战。

他想起早上去找机长要求飞时，机长一开始没答应，觉得暴风雪刚停，天气难测，今天飞不安全，最好再等等。

富春想起自己是如何地坚持，并且答应多出一倍价钱。连续三天的暴风雪把他困在蓬塔，当时他心里烦透了，只想早点谈妥那些事回上海，铁了心今天必须飞。

这架小型飞机是隶属私人的，机长仗着经验丰富，加上这个中国人出手阔绰，最终决定飞。

飞了，掉了。

金发女孩看上去才二十出头，因为他多出的一倍价钱，她死了。

富春犹豫了两秒钟，放弃了急救包，站起身，横抱起金发女孩沾满血的尸体，拼命向外跑去。

冰面加速倾斜起来，富春先是横抱着尸体跳上承载飞机的冰面，喘了一口气，发出一声暴喝，又飞身跃过迅速变宽的冰裂缝，险险地落在安全冰面的边缘。

他放下金发女孩的尸体，低着头，双手叉着腰剧烈喘气。尸体躺在地上，风吹乱了她披肩的金发。

女孩死不瞑目地望着富春。富春伸手为她合上双眼。过了一会儿，蓝色的双眼又睁开了。

断成两截的 Twin Otter DHC-6 缓缓滑入深不见底的南极海。富春跪在冰上，隔着溅满血的玻璃，望着被保险带绑在座椅上的机长随飞机一同消失在海水中。

风越来越大，富春哆嗦了一下，感受到了南极的冷酷。

这时那个中国女人醒了。她睁开眼，见到一个逆光的身影向自己走来。漆黑的身影后是金黄的太阳，脚下是连着天的白色海冰，头上是接着地的蓝色天空。

富春走近女人，俯下身打量她。

"完了。"女人虚弱道。

富春直起腰道："没完。"

女人擦了擦额头的冷汗道："不会有救援了。"

富春掏出手机，发现没有信号，自我安慰道："飞机上的黑匣子有信号，我们在这儿等救援。"

"飞机连着黑匣子沉到海里去了，这里离海岸线还有很长一段距离，海水的深度应该在一千米以上，黑匣子的信号发不出去。"

"总会有救援搜索吧？"

"按照飞行时间计算，我们应该坠落在南极内陆，可现在却坠落在海冰区，这只能说明一个问题，我们早已偏离了航线。也许是一百公里，也许是两百公里，也许更远，如果按照航线救援搜索，是找不到我们的。"

富春僵在原地，不知所措，只见海冰白茫茫一片，像是大陆般连着天际。

女人望着金发女孩的尸体，道："这里是西南极，除了海豹、贼鸥、企鹅，什么都没有。没有卫星定位仪，就算周围有科考站，我们也找不到。气温已经开始下降了，我们没有活路，只能等死。"

富春狠狠踢碎跟前的一堆雪。

女人看了他一眼。

富春抬头望着远处的那座高山道："那里是陆地。"

女人摇摇头道："去了也一样，山后面还是山。这里只有雪，只有风，只有石头。"

两只贼鸥飞过来，向金发女孩的尸体走去，眼睛却盯着富春。

富春抓起一团雪，捏紧了，狠狠朝贼鸥扔过去。贼鸥仰起头，双脚立定，原地拍动着翅膀，朝着富春昂昂昂叫起来。

这里的动物大多没见过人，根本不怕人。

富春喘着粗气把登山包和几只箱子归拢在一处，护住金发女孩的尸体。他累瘫在地上，歇了一会儿，从登山包的侧兜里摸出一个装雪茄的木盒，数了数，还剩下九根。他咬开一根大雪茄的屁股，从登山包外面的小口袋里摸出一个电热丝防风打火机，慢慢烧红了雪茄，缓缓抽了一口。他把余下的八根雪茄拿出来塞进冲锋衣胸前左边的兜里，扔掉木盒。

那女人低头看着自己的腿，浑身微微颤抖。

富春望着天边。

"你叫什么？"他缓缓地吐出浓重烟雾问。

"荆如意。"

"我叫吴富春。"

大难过后，在这片世界的尽头，只剩下他们两个瘫在一米多厚的海冰上。

"你从哪儿来？"富春问。

"我从北极来。"如意答。

富春愣了一会儿道："够远的。"

"研究极区高空物理，得两头跑。"

富春看着眼前这个女人，二十八九岁，一头长发，脸型很好，戴着副眼镜遮住了许多漂亮。看得出她不太在乎这个，素颜，没有任何化妆的痕迹，长得很干净，嘴角透着冷，眼睛里却有一股稚气。

"你去前进站干吗？"富春问。

"我是去前进站附近的一个野外无人地磁观测站采集数据。"如意答。

"就你一个人？"富春问。

"就我一个人。"如意答。

"这一路你怎么来的？"富春问。

"从北极的新奥尔松飞到世界最北的小城朗伊尔，再经过奥斯陆、巴黎、圣地亚哥，再到最南边的小城蓬塔。"

"就你一个人这么跑？"富春问。

"就我一个人。"如意答。

"咱在蓬塔见过。"富春道。

"是吵过。"如意纠正。

富春站起身，拍拍屁股上的雪，道："所以这么长的路你都过来了，接下来的就不算什么了……走吧！"

如意没反应过来："去哪儿？"

富春指着远处那座高山道："那！"

风越来越大，正逢南极的极昼，二十四小时日不落，太阳运动轨迹成一弧线，每天在地平线上来回游走。富春看了看表——格林尼治时间晚上七点。

"去哪儿都一样会死。"如意道。

富春蹲下，盯着如意看了一会儿，问："你害怕了？"

他问得那么轻蔑，如意抬起头怒道："掉下来都没死，我怕什么？"

富春擦了擦冻红的鼻尖，如意捋了捋凌乱的头发。

这里地处西南极的海岸线，太阳斜斜地贴在远处的地平线上，空气里弥漫着纯净的寒风味道，阳光美得如梦如幻。这里的海冰形态各异，有像饺子的，有像镰刀的，这些奇形怪状的海冰和一些小冰山混在一起，错落竖立在整片被冰雪覆盖的海冰上，在极昼的金色阳光中呈现出一种不真实的色彩，就像是奇异梦境中的画面。

几只威德尔海豹好奇地抬起头，它们看到富春用行李箱的绑带连起几个箱子，然后用一根绑带拖着最前面的一只箱子在海冰上缓慢地走。

如意趴在最大的一只箱子上，强忍着颠簸带来的剧痛，被这只行李箱雪橇拖着走。

金发女孩的右手被绑在最后一只行李箱上，压着富春留下的脚印，在海冰上拖出一道淡淡血迹。

富春喘着粗气，像个纤夫一样，埋头拉着这一大堆往前走。

他走了大约二十分钟，累得腿肚子抽筋，慢慢接近了陆缘。

好多贼鸥被鲜血气味吸引，飞了过来，停在冰面上，齐刷刷望着富春。

风停了，富春没留意，又走了几步，忽然感到一种恐惧。

他停下来，如意撑起上半身看着他。

富春觉得缺了些什么，但他说不清楚。

他转过头，听着自己剧烈的心跳声，忽然明白了。

"没声音了。"他道。

"什么？"

"风一停，这里就没声音了。"

如意听到自己心跳的声音，她第一次发现世界原来是有声音的，一旦各种杂声全部消失了，现实世界就好像远去了。

富春重新低头走起来，雪地靴踩在厚厚的雪里，发出嘎吱嘎吱的声音。如意听着富春的踩雪声，感到一丝安慰。

富春走热了，他解开冲锋衣的拉链，回头看如意，发现她紧闭着眼睛在颤抖。

富春停下脚步，脱下冲锋衣，里面是厚厚的卫衣和专业的背带冲锋裤。他把冲锋衣盖在如意身上。

气温开始降低，风卷碎冰，乱雪迷眼。虽已进入南极夏季，但气温依旧很低。

如意睁开眼，望着富春的背影，想起他俩在蓬塔时的初见。

当时一场暴风雪持续了半个月，所有飞机停飞。她每天在房间里写论文，隔壁时时传出一个男人的大嗓门。

他不停打电话，满嘴是大爷。

"路演的稿子我看了！完全不行！别跟我说过程！大爷的！我只看结果！"

她忍了一天，忍了两天，忍到第五天实在忍不住了。

她把他的门砸得砰砰响，门开了，房间里弥漫着一股雪茄烟味。

"你打电话能不能轻点？"她怒火中烧，开门见山。

他没反应过来。

"这里墙这么薄，你嗓门这么大，从早到晚打电话，大爷的，显摆你打得起国际长途是吗？就是因为你这种二货太多，有钱没文化，素质低钱包鼓，害得大家被人看不起！"她越吼嗓门越大，楼下的服务生跑上二楼来看究竟。

他穿着睡衣，叼一根大雪茄，抖着一条腿，乜视着愤怒的她。

她跺跺脚，转身回屋，"砰"地关上门。

隔壁安静了一小会儿，过了几分钟，她听到他压着嗓子，用自以为别人听不到的声音继续打电话："隔壁住着个妞，火暴得很，啊……是……唉……嗯，长得不错，腿长……哈哈，对，屁股不错，就是脾气太臭……大爷的，这里天天暴风雪，飞不了，心里都有火……"

她绝望地合上笔记本，闭上眼，心想这蓬塔酒店的隔音实在太差了。

隔壁压着嗓子的电话还在继续："什么？上？没劲，跟天上人间的小艾艾比起来，差太远了……"

她狂怒地抄起一花瓶，狠狠向墙壁上扔去。

嘭！啪！花瓶撞在墙上，碎在地上。

这下彻底安静了。

风越来越大，如意被冻得脑袋发木。她想起传说中伸手不见五指的白毛风，人一旦遇上会彻底迷失方向，不停在原地打转，最后冻死在风雪中。

"喂！"她喊他。风声越来越大，淹没了她的声音。

富春回过头，如意发现他的嘴唇冻紫了。

"风大了！"她喊。

富春停下脚步，此时俩人已经走出海冰区，来到了陆地。一座陡峭的山横亘在他俩面前。

如意喊道："得赶紧挖个洞，躲在洞里！"

富春点点头，放开行李箱，瘫坐在地，大口喘着气。

"快！"如意喊。

富春打开登山包，摸出一把在蓬塔买的冰镐。他迅速挖了几下，发现陆地上的积雪只有几十厘米厚，雪下是比铁还硬的冻土层，冰镐根本挖不动。

风越来越大，狂风吹起地上的细雪，可视距离瞬间不足五米。

如意惊恐地望着富春。富春想了一会儿，猛地拖起箱子，跑到一处背靠着山的凹地,然后迅速解开金发女孩的尸体,将几只箱子竖起来,紧挨着插在雪地里,围成一道屏障。他抱起如意,躲进屏障后的小小凹地里,然后将两个大大的登山包一头搁在竖起来的箱子顶上,一头依着山。就这样,一个由行李箱和登山包组成的闭合空间形成了。

富春从后面背风处的一道缝隙爬出去,在狂风中将地上的雪抓起,填入箱子间的空隙,拍实,又将一捧捧的雪拍在登山包搭成的屋顶上,填住缝隙,然后钻回小屋。

如意吓坏了,外面的风声凄厉起来,一瞬间,南极仙境就变成了南极地狱。

富春用背顶住那道缝隙,不一会儿整个箱子小屋外面就被雪盖满了,里面的光线一点点暗下来。过了一会儿,富春缓缓离开那道缝隙,发现它已经被雪填结实了。

里面变得一片黑暗,只听到俩人急促的呼吸声。

又过了一会儿,呼吸声变得平缓起来。

如意忍住剧痛,挪动了一下断腿。在狭小的空间内,她和富春保持着尽量远的距离。

黑暗中俩人听着对方呼吸的声音,过了一会儿,筋疲力尽的富春打起了呼噜。接着如意也睡着了。

远处,飞机坠毁的冰层碎裂处已被重新冻住。

厚厚的白雪一层层盖上,埋没了一切痕迹,好像什么都没发生过一样。

CHAPTER 2

富春打了个哆嗦,被冻醒了。吸进去的每一口空气都冻得他肺疼。

四周一片黑暗,他开始后悔为什么不让高薪聘用的总经理来南极考察。只怪他多疑,苦出身的他除了自己不相信任何人,否则现在躺在这里的应该是那位风度翩翩的总经理。

接着他又开始后悔为什么不坐船。可他晕船,否则可以飞到阿根廷乌斯怀亚,搭乘破冰船去往西南极的中国极光站,再从极光站去往俄罗斯的前进站。

后悔完这个又开始后悔那个,他天性纠结,从不洒脱。他内心强大,除了自己,谁都不信。

他原本的行程是半个月,规划得很紧凑,可到了蓬塔后就遇到了暴风雪,所有飞机停飞。他完全没料到,这一困就是半个月,好几次准备打道回府,可每次收拾完行李,又不甘心这么放弃。

他算是跟老天爷干上了，耗得五脏俱焚，憋得六神无主，好不容易等到一架 Twin Otter DHC-6，执意起飞，结果遭遇了罕见暴风雪，无线电失灵，最后坠毁在这个无人知晓的地方。

现在他非常厌恶南极，原先的一丝新鲜感和好奇心已荡然无存。他觉得这个鬼地方克他，上来就给他个下马威，心里很窝火。

"如意。"

黑暗中没有回应。

富春从箱子连接处捅开一点雪，露出一个洞，外面的风停了，一束阳光照进来。他看了看如意，只见她缓缓睁开眼，也醒了过来。

他抬起表看了看，已是子夜一点，这一觉他们睡了将近四个小时。

他缓缓转开背风处的那只箱子，露出一条缝，钻了出去。

富春吃惊地发现整个行李箱小屋已经成了山脚下一个严严实实的雪包，金发女孩的尸体也已经被厚厚的积雪掩埋了。

在子夜一点满眼金色的阳光中，世界由湛蓝的天和洁白的地构成，富春望着贴在地平线上的不落太阳，感到重获新生。

他把头伸进行李箱小屋，对如意道："你待在这儿，我上山去看看。"

说完他重新合上箱子，把如意留在雪包里，自己走了。

富春在山脚下活动了一下筋骨，接着手脚并用开始爬山。这座山大约海拔一千米，富春没多久就爬到了半山腰。这里的斜度已接近垂直，他踩上一块凸出的山石，刚想整个人站上去，那块石头就断了，富春一脚踩空，往下滑了十几米，直到紧紧扒住一块石头才停下来。他往下看,见那块断石骨碌碌地一路滚下山去。原来,经过十几亿年的风化,山石已经非常酥脆。

"差点摔死……"他抱住石头,惊魂未定。

接着头顶一阵剧痛,他惊得一哆嗦,发现是只贼鸥向他发起了攻击。

幸好戴着帽子,否则这一下头皮就开了。

富春大怒,抓起一块山石狠狠向贼鸥扔过去。贼鸥轻松避开,随即开始了第二轮攻击。

从远处看,富春就像一只笨拙的壁虎,紧紧贴在近乎垂直的山腰上进退不得。贼鸥尖声鸣叫,在空中回旋着,猛一个俯冲,再次向富春的脑门狠狠啄去。

富春狂乱地挥着手,试图赶走贼鸥,却根本没用,那鸟显得很生气,玩命叫唤,连番攻击。

富春有点怵,试图往下爬,想回到地面上。他往下退了两米,脑袋又被啄了一下,一股怒火从心底腾起,浑不吝的性格被点燃了。他猛抬起头,手脚并用迅速向山顶攀去,同时气沉丹田,发出一声振聋发聩的呐喊:"你大爷的!"

来到南极后,富春标志性的口头禅终于从浮华尘世回响到了世界尽头。

贼鸥惊讶于世上竟有如此复杂奇特的叫声,气焰有所收敛。它边盘旋边打主意,看得出是累了,黑色的眼珠狠狠盯着贴在山腰上的富春。

富春抓紧时机,一口气往上爬了几十米,那只贼鸥阴沉地盘旋着,尖声鸣叫,随时准备俯冲。富春发现头顶上方有一个凹洞,扒拉住洞口,借力往上一探,倒抽一口冷气——另一只贼鸥正趴在凹洞里孵蛋。它狠狠盯着他。

洞里那只贼鸥的眼珠黑得深不见底,目光又狡诈又惊恐。它对准富春的脸,一口啄过来。

富春一惊,头往右一躲,左颊被贼鸥锋利的喙划破。一道热血顺着脸颊流了下来,差一点眼珠子就被这畜生啄出来了。

富春往右边爬了一点,避开了洞口。空中的那只贼鸥没有贸然发动攻击,凄厉鸣叫着,警惕地追着富春,上下翻飞。

富春看明白了,洞里那只在孵蛋,天上那只负责保卫。之所以攻击他,是因为他接近了它们的窝。

他吐了口唾沫骂了声晦气,心想自己从几千米高空摔下来都没受伤,结果被这只傻鸟放了血,真是造化弄人。

他离开洞口,继续往上爬去,空中的贼鸥慢慢收了声,飞回洞里。富春听到两只贼鸥在洞里叽叽咕咕,估计是累坏了,正相互安慰。

爬上山顶,山风回荡,他不由为之一振。放眼望去,群山纵横在眼前广袤的南极大陆上,天地间竟然不见一丝生气,又不由万念俱灰。

这里没有半点绿色,山默默睡在雪中,有些地方露出黑褐色的岩石。富春坐在山顶,拿出手机,试着拨了个号码。

手机里传来无信号的嘟嘟声。

富春看了看电量,只剩一半了。他关闭手机,放进胸口右边的兜里,缓缓拉上了拉链。

"有人吗？！"他绝望地大声喊。

光秃秃的群山间回荡着他的呼唤："有人吗……有人吗……有人吗……"

他抬腕看表，已经是凌晨两点半了。

面前是一大片地势较缓的山坡，上面覆盖着厚厚的积雪，有些地表裸露出凸起的岩石。富春走下山坡，向不远处的第二座山走去。

他一路向西，浑身蛮劲地翻过了五座山，每一次爬上山头都是一次失望，每一座山后面都一样。爬到第六座山时，肚子叽里咕噜叫起来，他饿了，感到了恐惧。

第六座山横在眼前，俯视着他。

他无力地躺下，凝望着凌晨五点的太阳悬在一碧如洗的蓝天上。

他在想怎么才能抓一只贼鸥烤了吃，想着想着，就犯困了。他咽了口口水，闭上眼，不一会儿就睡着了。

如意一直躺在原地，断骨处传来阵阵剧痛。

四周的寒气不断侵入身体，她捅开一点箱子间的缝隙，金色的阳光倾泻而入。她举起左手，逆着光展开五指，透亮的阳光穿过指缝，照亮了她清澈的眼睛。

富春再次醒过来时看了看表，已经早上八点了，这一觉他睡了三个小时。迷迷糊糊睁开眼，看到一个黑影正俯视着他。

富春一惊，整个人原地弹跳起来，那黑影也一惊，往后退了两步。

富春揉了揉眼睛，看清站在跟前的是一只企鹅。

那是只阿德利企鹅。和高大的帝企鹅不同，阿德利企鹅只有约六十厘米高，圆滚滚，胖乎乎，瞪着两只长了一圈白毛的眼睛，拍着两只有力的小鳍，一副憨头憨脑的样子。这只阿德利企鹅好奇地看着富春，耿耿耿叫了几声。

富春的心中腾起一丝希望，他想至少这里能弄到肉吃，贼鸥也好，企鹅也好，生一把火就能烤着吃。有肉吃就不会死，这是一个朴实的道理。想到这里，他不再恐惧，站起身，拍拍屁股上的雪，不怀好意地缓缓凑近企鹅。

然后他僵住了，想起来这里没有木头。

漫山遍野，却没有一块木头。

他只有一个打火机，如果要烤熟一只企鹅，那还差很远。

企鹅警惕地往后退了两步，拍了拍鳍，转过身，摇摇晃晃走远了。

富春发现这肉球跑不快，抓起来应该很容易，留待以后吧。

他转过身，用准备打架的目光盯着第六座山。

"喂。"他直起腰，乜视着山。

"喂……"山回答他。

"你大爷的。"他双手做成话筒，对着山挑衅。

"你大爷的……"山幽幽回应。

这是最高的一座山，海拔大约有两千米。山后面是什么呢？他弯下腰紧了紧鞋带，向山走去。

走到山脚下，抬起头，忽然想起当年他还是个一场婚礼赚两百块钱的司仪时，也常常如这般站在车水马龙的城市里，抬头望着那些林立的高楼大厦。

他开始往上爬。

风大了一些，爬到七八百米高处时，异常大的风使他意识到南极狂风来了。

地球自转把暖流从热带地区吸引到南极圈，然后一股寒流沿着这巨大的冰盖流动，海浪式地向上升，源源不断地向大洋推进，由此形成一股来回翻滚的气流，这就是南极狂风。它是天生愤怒的巨人，是狡诈残忍的，也是壮大恢弘的。此刻它正俯视着富春。

富春看到一个山洞，里面黑黑的，伸手进去试探了几下，确信没有贼鸥，便爬了进去。刚爬进山洞，一阵每秒超过百米的南极狂风就横扫而过，如果他没爬进洞，就已经被卷走，从山腰掉下去了。

气温开始骤降。

富春浑身打着冷战坐在山洞里，洞口外的暴风雪越来越大，风声鬼哭狼嚎，天地混沌一片。气温越来越低，富春站起来原地跳了一会儿，后悔走的时候没穿上那件暖和的冲锋衣。他有点担心如意，万一那个雪包塌了，在这样的暴风雪中，如意没有活路。他抬起表看，已是早上九点五十分了。

这场暴风雪从早上一直刮到下午，即便此时是南极的夏季，气温也已降到零下二十多度。有几次富春感到死亡临近了，他的身体忽然变得温暖起来，特别困，想睡，但尚存的理智告诫他不能睡，睡过去就死了。

他咬紧已经冻得发紫的嘴唇，艰难呼吸着冻得他肺疼的空气，尽量蜷缩成一团。然后他听到了，是的，确确实实听到有个女人在唱歌。

他从未听过这么好听的歌声。

他睁开眼，看到一个女人站在洞口，浑身散发着金色的光芒，虽然面目模糊，却传递出一种非常悲伤的情绪。

她向他伸出摊开的双手。

富春瞪大眼睛盯着她。

"谁？"他问。

那女人缓缓飘近，轻轻握住了富春的手。他仔细看她，近在咫尺，却依旧看不清面容。

那女人温暖的双手散发着柔和的金光，嘴里继续吟唱着天籁般的歌。

富春握住她的手站起身来，回望一眼，看到自己躺在地上，蜷缩成一团。那女人拉着富春，向洞口外走去。

富春有点明白了，这女人可能是死神，但又怀疑起来，没想到死神这么漂亮，他一直以为死神应该是牛头马面那种样子。

富春的心情忽然变得非常平静，又走了两步，想起如意还在等着他。

他放开女人的手，道："不行，还有人在等我。"

金色温暖的手温柔而坚定地伸过来，重新拉起他的手，向外走去。

富春想了想停下了，甩掉女人的手，转身往回走去。

面容模糊的女人站在洞口的风里，任凭狂风吹着她的金色衣裙，叹息一声，再一次显得悲伤起来。

富春走到躺在地上的自己跟前，转身对女人道："我这事还没完哪。"

富春睁开眼，重新感到了刺骨的寒冷。

他缓缓爬起身，迷迷糊糊想了一会儿，最后也没明白刚才是梦还是真的。他开始活动有些冻僵的身体。这时感到少了什么，愣了一会儿，才发现洞口外的暴风雪已经停了，世界又失去了声音。

他爬出洞口，极度的疲劳使得他非常想快些回去，那里的登山包中还有巧克力和压缩饼干，雪包里还能避一会儿风。

他往下爬了几米，忽然间怀疑自己是不是怂了，一股与生俱来的倔强在他心中醒了。

他趴在半山腰上，回忆了一会儿，然后确信自己从来没有怂过。他跋扈过，奴才过，也忍气吞声过，但无论如何，他心里从没怂过。

为了达到目的，他可以装孙子，扮贱，求饶——他从来都不是一个有傲骨的人。他天生一根筋，倔到只要没死，就会朝着目标继续前进。

他想起自己从一个耍嘴皮子的婚礼司仪干到最大婚庆公司的老板，这一路不是昂着头走来的，也不是低着头走来的，是弯着腰，跪着，爬过来的。这一路能跪着爬过来，只有一个原因，那就是他比石头还硬的心从没怂过。

富春抬起头盯着山巅，风虽然停了，雪还在飘，茫茫大雪裹住了山巅，妖娆的雪云慢慢变成那个面容模糊的女人，俯视着他。

富春重新往上爬去。

爬了两百多米，他转过身，面对造化非凡的南极天地凝视许久，然后继续向上爬去。

他登上山巅时本以为会看到另一座山，但他愣住了，眼前是一片广袤的冰雪盆地。

他伫立在山巅，眯起眼仔细打量脚下这片广大的盆地。一只洁白的雪燕不知何时出现在他身边，自由翱翔着。

富春浑身颤抖起来，一方面是因为冷，另一方面是因为他看到极远处有一个小站，房子带一点陈旧的暗红。

他扑通一声跪在山巅，死死盯着那个小站。

他擤去一挂清水鼻涕，咧开嘴想笑，却露出了一个近乎狰狞的表情。他看了看表，时间是下午三点半。

四面八方，乱琼碎玉，小站默默立在茫茫大雪中。

CHAPTER

3

富春走进站区,大喊了几声,没有人回答,只有一个竖在屋顶上支架生了锈的铝制风速球发出转动的嘎嘎声。

这个小站由一座主屋和一座俗称"苹果屋"的圆形小房子构成。富春推开主屋厚厚的保暖门,进入室内。

里面居中放着一张桌子,旁边是用窄木板钉起来的两张长凳。屋子东西两面各开了一扇窗,南极特有的梦幻阳光从窗户里照进屋子,墙上铺了绿色和白色相间的保温板,在阳光的照耀下竟有些田园风情,一切都显得亮堂。东面的窗户边放着一张上下两层的床,床头朝南,床脚向北。南面是进门,门边有一个厨台,上面放着几个碗、一堆各国文字的调料,和一台不锈钢的天然气灶。北面墙上是货架,上面放了很多食品罐头,竟然还有中国的午餐肉罐头,富春看了看,都过期了。这是南极的风俗,各国科考队员如果途经无人小站,都会留下些随身食品,也许就能救人一命。

富春开了一听午餐肉罐头，狼吞虎咽地吃了两口，味道不错。他又开了一听写满俄文的豆子罐头，吃了两口，发觉是生的，张开嘴想吐，又闭上嘴咽了下去。

小屋还算整洁，看上去被废弃很久了。富春呼吸着屋子里一团团寂寞的空气，坐了一会儿。他发现小窗边的墙上挂着一幅小小的圣母像，有着精致的相框。可门边的墙上却贴着一张中国挂历，是二〇〇三年的，纸已经发黄了，上面画着站在鱼背上的观音菩萨。

看来途经这个小站的人们都曾留下过他们的信仰。

他走出屋子，望着四周，不甘心地叫了一声："有人吗？"

小站依山而建，山上是很厚的积雪。富春的叫声换来些许回声，一团雪从山坡上滚下来。

这个被废弃的小站没有人，没有旗帜，也没有标识。

富春离开小屋，走到离它二十步远的苹果屋前，打开门，里面放着一些杂物和工具，还有几个空的天然气钢瓶。富春走出苹果屋，转到小屋后面，发现了一根屋里通出来的管子，接着天然气钢瓶，表上显示里面的天然气还有大半。他转开被关闭的阀门。

屋子后面还有一台小型柴油发电机，富春拉了十几下，把它点着了。发电机嘟嘟嘟地运转起来，冒起一股蓝烟。发电机的红色小油箱连着一个刷成蓝色的大油罐，直径约两米，长度约三米，一个锈迹斑斑的铁架子支撑着它，标尺显示柴油还有一小半。

在南极，有油就有电，有电就能活。他跑回屋里，先点着了火，再打开电取暖器，然后这个小屋就复活了。他看了看窗外，走出小屋继续转悠。

他像个孤魂野鬼一样游荡在这个无人小站。站区边有一个直径三四十米的大坑，坑里是融化的雪水，上面结着一层薄冰，像是个小淡水湖。

这个小站东西长约两百米，南北约一百米，建在一座山脚下，面向着小站的山坡上覆盖着很厚的积雪，山顶上裸露着黄褐色的岩石。十几亿年的风化后，石头上被风吹出无数个深浅不一的窟窿，状似蜂窝。

富春坐在湖边，又摸出一根雪茄点燃了。抬腕看表，已是晚上七点。这是他来到南极后度过的第一个二十四小时。

他深深吸了一口雪茄，望着透明冰层下清澈的水，心想怎样才能让那个断了腿的女人翻过六座山，到这儿来呢？

他缓缓吐出一口烟，惬意地躺下，望着高邈的蓝天。

天上是下降风形成的细长云带，云带大美，横跨苍穹。富春静静吸完这根雪茄，起身回屋。屋子里的温度已经上去了，他关上天然气灶的火，让电取暖器继续开着，然后从货架上拿了两听午餐肉罐头，闭门而去。

富春回到如意的安身处时，已经是凌晨两点了。他发现一群贼鸥翻开了掩埋金发女孩的冰雪，正在啄食她的尸体。他狂吼一声，跌跌撞撞跑上前去，那群贼鸥有恃无恐地拍拍翅膀散开，然后站成一排，用阴森的眼睛盯着富春。

富春发现金发女孩的眼珠没有了，脸上留下两个血窟窿。他一阵恶心，弯腰干呕了一会儿，但胃里没什么东西，只呕出一些未消化的豆子和酸水。他猛地直起身，狂怒地抄起那把斜搁在石头上的冰镐，向贼鸥们冲去。他挥舞着锋利的冰镐，来回追打。但贼鸥太灵巧了，它们轻蔑地避开这个咿里哇啦的两腿兽，齐声嘲笑着。

富春咒骂着，青筋在额头上跳动，从这一刻起，他对贼鸥的憎恶就在心里生了根。

富春来到行李箱小屋边，慢慢掀开那两个登山包，如意半躺在里面，浑身不停颤抖着。

"我以为你死了。"她带着哭腔哑着嗓子道。

富春筋疲力尽地笑了笑，从怀里掏出那两听被体温焐热的午餐肉罐头，开了一听，递给如意。如意怔了一下，伸出颤抖的手接过。

"哪来的？"

"站里。"

如意颤声问："人呢？！"

"没人，就只有一个站。"

起风了，俩人对视着。

"没人……"如意看着手上的罐头，喃喃道。

"是个废弃的小站。吃吧。"

富春打开登山包，从里面翻出一条巧克力，自己撕开吃了一口，然后递给如意。

如意吃了一口带着富春体温的午餐肉，看到他只穿着里面那件卫衣，不禁黯然。那群贼鸥被午餐肉的气味吸引，向他俩聚拢过来。

富春开了自己那听罐头，低头吃着，故意不看那群聚拢过来的贼鸥。于是贼鸥的胆子更大了，其中一只走到了离富春仅一米不到的距离。富春转身猛一扑，刚好把这只大胆的贼鸥扑在怀里。贼鸥狂怒地向他啄去。富春避开，一把摁住那只贼鸥的脑袋，另一只手抓住它的脖子，双手反方向一拧，只听见喀喇一声响，贼鸥被拧断了脖子。

如意惊叫了一声，富春提着贼鸥脑袋耷拉的尸体站起身，向着那群被吓傻的贼鸥走去。

他抓着贼鸥的脑袋，用力将尸体向地面摔去，啪啪啪几下，贼鸥的血从屁股后溅了出来。

"来！"富春提着羽毛四散的尸体冲着那一群贼鸥喊。

哗！整群贼鸥仓皇飞远，这次它们被吓坏了。

四周安静下来。

如意看着这个男人手提着贼鸥的尸体，感到一阵恐惧。她望着富春将贼鸥的尸体远远掷去，噗一声落在远处雪地里。

"这只吃过人肉了，否则血可以喝。"富春道。

如意打了个哆嗦。

富春吃完午餐肉，打开行李箱和登山包，把里面的东西哗啦全倒在地上，开始清点物品。

他拿过自己那个已经清空的登山包，开始往里装东西。

他在一堆物品中挑了好一会儿，最后挑了一把多功能瑞士军刀塞进包里，其余的很多东西，电动剃须刀也好，高级单反相机也好，带给俄罗斯前进站的昂贵琉璃礼物也好，他都扔了。

如意发现他冻得哆嗦，看了看自己身上的那件外衣。

"我们得过去，东西越少越好，路上得翻过六座山。"

富春接着把自己的一些厚袜子和内衣裤塞进包里，想了想，又把行李箱的绑带也塞进去。接着是一系列杂物，包括保暖水壶、一些药品、洗漱包、毛巾等。犹豫了一下，他把在严寒中锂电池罢工的笔记本电脑也扔了。他摸出一个鳄鱼皮的大皮夹，里面是厚厚一沓美金，都是一百元面额的。他抽出美金塞进冲锋衣宽大的兜里，皮夹扔了。

富春收拾完自己的登山包，开始收拾如意的。他解开绳子，哗一声把里面的东西全部倒在地上开始挑选，把他认为没用的都扔了，包括全套化妆品。但他还是把如意的内衣裤包括胸罩都塞进了自己那个包里，如意脸红了。

他翻开一本《泰戈尔诗集》，正准备扔，如意忙道："别……"

富春愣了一下，心想留什么不好，留下个"输"，真他妈晦气。

他把书和一个旅行应急用的针线包塞进登山包里，道："你得理解，这一路装备越少越好，站里基本什么都有，我得先把你弄过去，到时候再回来拿东西也行。"

如意望着自己严重外撇的左腿。

富春打开如意的那几只防水箱，发现里面尽是一些没用的仪器，还有几瓶酒精，他想了想，拿了一瓶放进包里，其余的都扔了。

"这些是干吗用的？"富春指指那堆仪器问。

"研究 Aurora 的。"

"欧罗拉是什么？"

"是极光。Aurora 是罗马神话中的黎明女神。"

富春看着如意，他发现她说起欧罗拉时语气很平静，平静得能让人感到她的深沉。

富春把挑剩下的东西都放回箱子，扣上搭扣，拖到山脚下那个避风藏身的凹坑里，然后把金发女孩的尸体一直拖到山脚下。

他背对着如意，偷偷脱下金发女孩的厚绒线帽子，戴在自己头上，护住两个已经被冻紫的耳朵。

如意别过头去，装作没看到。

富春往手心里吐了口唾沫，拿起冰镐，挖了几下地，一砸一个白点，比铁还硬的冻土根本挖不开。他低着头气喘吁吁地闷了一会儿，然后捧起厚厚的冰雪往金发女孩身上盖去，不一会儿堆出一个雪坟。他又搬来一块块的石头，严丝合缝地压在雪坟上，这样贼鸥就没办法把雪堆翻开了。

富春从兜里摸出一根雪茄点燃了，猛抽了几口，然后把青烟袅袅的大雪茄插在金发女孩的冰雪坟头。兜里还剩下六根雪茄。

富春站在雪坟前，双手合十，心道："这儿比海底好，海底又黑又冷的，也比被贼鸥南极天葬了好。"

青烟冉冉上升，烟灰积到很长才自己断裂下来。

富春抬头看了看第一座山，低头看着如意。

"别怕。"他的语气第一次温柔起来。他收拾完包，把收口的绳子收紧，蹲在如意面前，鼓励道："一定要活下去。"

如意看着自己的左腿，摇了摇头。

富春道："我背着你，你背着包，可以吗？"

如意咬咬牙，点了点头。

富春扶起如意，让她单腿慢慢站起身，然后整个人趴在他背上。他用一根绳子把如意牢牢绑在自己背上。如意接过登山包，背在自己身上。

如意勾紧富春的脖子，俩人同时感到了一阵温暖。

富春踏上斜坡，向山顶爬去。风又停了，天地间静得令人难耐，俩人的心跳声混合在一起。

这次富春学乖了，他绕开半山腰那个贼鸥的窝，向着山顶爬去。到了接近垂直的地方，富春使出浑身力气一点点往上蹭。如意的体重加上登山包的重量，令他接近了体力的极限。

如意强忍着断骨处传来的剧痛，她知道富春已经没多少力气了。她紧紧抓着腰间系着自己和富春的那根绳索。

富春喘着粗气，想起很多年前的一个酷暑，一天没吃饭的他穿着一套呢料西装，站在婚庆舞台上妙语连珠地说着什么，也是这般，喘着粗气，眼前越来越黑，但台下的掌声和笑声唤醒了他，他瞪大冒着金星的双眼，露出笑容道："现在，有请证婚人发言。"

他抬起头，望着山巅，背上的女人越来越重，他扒住岩石的双手越来越麻木。

"对不起，不应该带那本书。"如意愧疚道。

"那本书里写的什么？"富春喘气问。

"泰戈尔的诗。"

"来一句！"

如意沉默了一会儿道："愿生如夏花之绚烂，死如秋叶之静美。"

富春猛吸一口气，往上爬去，过了山腰处的垂直段，后面的坡势缓了些，他可以整个人斜趴在坡上，缓缓往上爬。

他边爬边气喘吁吁道："得生如秋叶之静美，死如夏花之绚烂。"

他俩就这样登上了第一座山顶。富春背着如意，像匹马似的趴在地上。

"老实交代……"富春快窒息似的喘着气问，"你到底多重？"

如意没有回答，富春一惊，发现她紧咬着出血的嘴唇，头垂着，人已经晕死过去了。

富春解开绳子，缓缓将如意放下，让她平躺在地上。他观察了一下她的左腿，抓了把雪搓了搓她的脸。

如意缓缓醒过来，颤抖道："就把我放在这儿吧，我受不了了，断掉的骨头在大腿里戳着我的肉，我撑不下去了。"

富春咬咬牙，指着下坡的雪地道："你看下坡还行，我用绳子拴着你，咱俩一起慢慢滑下去。"

于是富春左手拉着拴住如意的绳子，右手用冰镐插入雪中当作刹车，一点点挪下了山。虽然比上山容易，但缓慢下滑的过程中还是触动了断腿，如意再一次痛得晕了过去。

到了山脚下如意哀求富春放下她，富春道："第一座山最难过，我们已经过去了，还有五座山就到了，别放弃。"

说完他再一次把如意背上，用绳子绑牢，向着第二座山爬去。

他们就这样翻过了五座山，每一个山头上如意都痛不欲生地求富春让她死在那儿，然后就痛晕过去。每一座山脚下如意会再哀求一次，接着再痛晕过去。她哭过，求过，骂过，抽过他大嘴巴子，但没用，富春不答应。

最后一座山脚下，富春累瘫了。

他俩都绝望了，因为这座山太高太陡了。俩人一起喘着气。

"你走，把我留下吧。"如意道。

富春望着这个濒死的女人，风吹起她的长发，秀气的脸庞，挺拔的鼻子，黑白分明的眼睛，被咬得血痕累累的嘴唇。她瘫在地上，胸口起伏着。

起风了，又一场暴风雪即将来临。

富春抓了一把雪擦了擦脸，然后艰难起身，爬到如意面前，嘶哑道："我们从下面绕过去。"

如意摇摇头道："这座山占地太广了，从下面绕路太远，暴风雪要来了，我们走不到一半就会被冻死。"

富春犹豫了，他身上所有的物资只剩一个登山包，暴风雪一来，俩人根本无处躲藏。

"别犹豫了，你走吧。"如意道。

富春想了想，转过身向山走了两步。

如意望着他的背影。

富春低着头，又走了几步，如意望着他，无声地笑了笑。

富春猛地回过头，看到如意在笑，问："你笑什么？"

"我没笑。"如意道。

"你笑了。"富春恨声道。

"我真没笑，你走吧。"

"你笑我没种？"

"滚！"如意沉下脸。

富春转身走回如意身边，蹲下身望着她。

"要走你走，你放过我吧。暴风雪要来了，再不走就来不及了。"

如意叹了口气道。

富春双手着地趴在地上,吐着舌头喘着气像头绝望的狼。他忽然想起那个藏身的小山洞,头重新抬了起来。

如意从未看到过这么可怕的一张脸,扭曲、愤怒、凶狠、悲伤,眼中布满血丝。富春吐了口唾沫,恶狠狠道:"我不信!老子一定要把你背过这座山!"

富春重新背上如意,他这次把绳子捆得特别紧,打了个死死的结。他开始爬山。

如意闻着他头发里的烟味和汗味,强忍着疼痛,慢慢勾紧了他的脖子。

暴风雪开始了。

富春爬到半山腰时,人已经虚脱,视力变得模糊起来,感觉背上有千钧重担。他想找到之前那个藏身的小山洞,边拼尽全力一寸一寸往上挪,边焦急地张望着,可是那个小山洞始终不见踪影。

他太累了,停了下来,下降风越来越大,风速渐渐达到了每秒五六十米。身体的热量在狂风中被迅速带走,富春和如意被困在了半山腰。

南极大陆是中部隆起向四周倾斜的高原,一旦沉重的冷空气沿着南极高原光滑的表面向四周俯冲下来,一场冰冷刺骨的下降风就形成了。此刻,冰雪夹带着沙子贴着山坡刮过来,打在脸上痛得不行。

就在这时富春昏迷了,手一松,整个人往下滑去。如意拼命从登山包上抽出冰镐,插进两块坚硬的岩石中,止住了下滑。

风越来越大,如意将冰镐的手带缠在手腕上,靠着这只纤细的手腕维系着俩人的体重,拼命坚持着,感到自己的手马上要断了。

"醒醒!"她大喊。

富春头耷拉着没动。

"醒醒!"她拼尽全力大喊。

冷风直往脖子里钻,富春一激灵醒过来,睁开眼心想,自己怎么挂在半空风里飘呢?

"醒醒!"如意喊。

富春清醒了,一把扒住了山石。俩人又调换了位置,如意将手从冰镐的手带中抽出来,整个手腕已经变紫了。她借着富春往上蹬的一下,用巧劲把冰镐从岩石缝里拔了出来。

风速已经达到了七八十米,风卷起雪,能见度变得越来越低。富春拼尽最后一丝体力爬上山顶。他解开如意,趴在地上不停喘气,剧烈咳嗽着。

如意放眼望去,只见一片白雪茫茫的广袤盆地出现在眼前,可雪太大了,她看不到那个小站。她的眼皮变得沉重起来。

富春爬起来,扒着她的肩在她耳朵边吼:"再累也不能睡!睡过去就死了!"

如意点点头,俩人开始往山下滑。富春找到一条坡度和积雪厚度都不错的下坡路,左手死死拉住拴着如意的绳子,右手握着插在雪地里的冰镐,一点一点往下滑去。一块凸出雪地的岩石撞在如意的断腿上,她惨叫一声,再次昏死过去。

山脚下富春背起昏迷的如意向前走去,风卷起地上的雪,形成了伸手不见五指的白毛风。翻过整整六座山头,眼看就要到达小站了，他俩却失去了方向，什么都看不到了。越来越大的风带走了他俩仅存的体温，富春背着如意，仰起头狂吼了一声："开恩啊！"

风瞬间变得更大了。

富春望向前方，他等于是瞎了，瞪大眼睛，背着一个昏死过去的女人，站在白茫茫的一片前。

他不知道前方是天堂还是地狱，他只知道，此刻如果贸然前进，必然越走越偏，死路一条。他强迫自己冷静下来，在生死边缘冷静思考了大约一分钟。

他放下如意，浑身哆嗦着，飞速抡动冰镐，开始在原地挖坑。幸好此处冰雪很厚，一通狂挖后，竟挖下去七八十厘米。以前听说过人在濒死时能爆发出几十倍于平时的能量，现在这个说法在他自己身上印证了。

富春花了大约十分钟，挖出一个一米见方、约八十厘米深的雪坑。他自己先躺进去试了试，然后去摸身边的如意。

第一下没摸到，富春惊得大脑一片空白，跪在雪坑边，又原地摸了一圈，终于摸到了如意的衣服。他拽着衣角把她拖过来，先伸手在鼻息处探了探，然后解下她背上的登山包，抱起无声无息的如意，尽量不触动她的断腿，放入雪坑。坑太小，他从背后紧紧抱着如意才能勉强把自己也挤进去。终于安顿好后，他拖过登山包，封住了坑口。

太冷了，他更紧地抱住如意，发觉她的身体传来一丝颤动。

十方世界唯有风震寰宇，东西南北只剩一片混沌。

CHAPTER

4

如意醒过来时发现身上盖着被子。她太累了,腿痛得不行,恍惚间又睡了过去,再醒来时看到富春坐在靠窗口的木板长凳上望着窗外。

如意撑起上半身,外面风停了,南极白昼特有的灿烂阳光从窗口洒进屋里。她发现自己睡在一张双层木床的下铺,墙上铺着绿白相间的保温板,屋内温度似乎有十几度。回想之前的冰天雪地,现在这个小屋就像天堂。她感到有些热,掀开被子,茫然地坐在床上。

富春转头望着她,他在笑。

"我们到小站了?"她问。

富春得意地点点头,是那种恨不得把"感激我吧"写在脸上的得意。

如意低头看自己的腿。

"你做什么的?"富春站起身,背起手,边来回走边问。

"高空物理。"如意答。

"什么意思？"富春问。

"我研究天上那些事。"如意的视线从断腿转移到了富春身上。

"你来南极干什么？"如意问。

"啊,那个……考察考察。"富春停下脚步,踌躇满志地望着窗外。

"考察什么？"

富春挠了挠头："主要是地上的一些事。"

"你去前进站干吗？"

"合作！国际合作！"富春道。

"什么合作？"

"嗯……你听说过天长地久婚庆公司吗？"

"听说过,死贵。"

"嗯……我是天长地久的老板。"

如意看了看富春,眼前这个男人三十五六的年纪,皮肤黝黑,鼻子很挺,中等身材,偏瘦,结实,眼睛特别亮,眼神里有股野气。

"公司快上市了,我是为了路演时有题材,就来南极探探路,和老毛子谈谈南极婚礼的业务。"富春严肃道。

如意将信将疑地问："到南极结婚？谁愿意这么折腾？"

富春答："有钱人。大把的。我们和前进站谈成了合作意向。一百万一个不算贵吧,一对就是两百万。老毛子一听,对开展南极婚庆业务特别感兴趣。他们缺钱。"

如意望着窗外道："可以在冰山上宣誓。"

富春站起身,像开董事会发言那般挥了一下手道："再弄两只企鹅来做傧相，晚礼服也省了。得让前进站的站长做证婚人，这个可以谈嘛。再派直升机从上古冰山上凿一块冰放在香槟里，让冰块里几万年前的气泡在酒杯里噼里啪啦地响，这杯酒才叫天长地久，怎么样？"

"可以再加五十万。"

"对！对！有道理！"

"一本万利。"

"冰块得单独收费。还有洞房。站上腾出来一间房专门用来做洞房容易吗？"

"前提是你能活着回去。"如意冷冷道。

"我们这不是活下来了吗？"富春得意道。

"你去看看还有多少罐头，掰着指头算算，我们还能活多少天。"

富春安静下来。

"没人知道我们在这儿，我们只能慢慢等死。"

如意冷冷望着窗外，由于疼痛，整个人微微颤抖着。

在这个世界尽头的废弃小站里，和这个男人共处一室，如意感到有些害怕。她挪动了一下腿，立刻痛得惨叫一声。身上的冷汗加上刚才被子里捂出的热汗，一齐黏在身上，要多难受有多难受。满脑子 Aurora 黎明女神的她有洁癖，想到这里无法洗澡，心里泛起一阵绝望。

"我可以出去找救援！"富春憋了一会儿，吼道。

"你去吧。"如意道。

富春望着窗外，白茫茫一片，无边无际，他缓缓坐下，低头思考起来。

他意识到从现在起他必须在生活上照顾这个女人。

"我得照顾你。"他叹了口气道。

如意捋了捋一头乱发。

"谈到照顾人,我只有两件事不会——"

如意擦去鼻尖上细密的汗珠。

"这也不会,那也不会。"富春道。

富春抬起头盯着如意看,看得她浑身汗毛倒竖。

他沉默了一会儿道:"先得把骨头接上,这么拖下去,你会死的。"

如意打了个冷战。她望着自己的腿,原本漂亮的身体变得残破了。她是个完美主义者,看着这条外撇的左腿,心里又泛起一阵绝望。

她心里惊了一下,想起了那些药。她极力克制着内心正在恣意蔓延的绝望,这种绝望充满了冰冷、倦怠,以及刻骨的空虚感——她是个中度忧郁症患者。

"怎么接?"她强忍着内心的那股绝望问。

"先把骨头复位,用木板夹住,再用绳子绑牢。"富春道。

如意咬了咬嘴唇,提醒自己不要犯病,因为药已经跟着飞机沉到海里去了。

富春搓了搓手,站起身原地转了一圈,犹豫道:"得先把裤子脱了。"

如意缓缓拉过刚刚掀开的被子。

富春发现如意神色不对,道:"没办法,顾不得这些了,你如果脱不下来,我帮你脱吧。"

此时正有两只贼鸥在屋外停歇,听到屋里传出一声尖锐而悠长的"滚"后,拍了拍翅膀飞走了。

富春打开门站在屋外,大口地深呼吸,努力让自己平静。

"欧罗拉太难伺候,还是欧巴桑好。"他愤愤不平地想。

他从兜里摸出一根雪茄,放在鼻子下闻了闻,最终没舍得抽,又放回兜里。

他抬腕看表,已经是晚上十点了,世界依旧阳光明媚。

风停了,天地间又失去了声音,富春盯着来回游走在地平线上的太阳,对这个鬼地方恨之入骨。他走到对面的苹果屋里,顺利找到了四片木板和一根绳子。

他回到小屋里,关上门放下东西,搓着手来回踱步。

如意紧张地望着他。

富春停下脚步,低头看着地板,郑重地问:"你是要面子还是要命?"

如意恶狠狠道:"我要面子!"

富春怒了,他抬起头,眼里冒火,盯着如意咬牙切齿道:"早知道你要面子不要命,老子干吗要背着你翻过那六座山?"

如意无语。

富春问:"如果我不给你这个面子呢?"

如意把被子掖紧,颤声道:"你别过来!我要打110了!"

富春从兜里掏出手机扔给如意,如意盯着没有信号的手机。

她颜面扫地。在这个世界尽头的小屋里,她没得选择,只有让这个俗人来脱她的裤子。她的心剧烈地震颤了一下,她知道再不吃药,她就要崩溃了。

富春走近她道:"顾不了那么多了,你得活下去。"

如意这才想起她穿的是一条蕾丝边的黑色内裤,有点半透明。她恨自己为什么不穿一条厚厚的平角裤,现在晚了。

富春干咳一声走近一步,伸出手。如意抬手阻止他道:"我自己脱。"

她掀开被子,把卫衣往上提了提,解开了冲锋裤的腰带。

富春轻轻放直她的双腿,如意痛得颤抖了一下。然后富春抓住她的裤脚,慢慢把裤子脱下。

有着保温内胆的冲锋裤里还有一条粉色的贴身棉毛裤,富春拉住裤脚往下扯,没想到带动了里面的内裤。如意立刻拉住自己滑落的内裤。富春听到动静一抬头,从他的角度看过去,春光隔着薄薄一层黑丝一览无余。

富春马上拉过被子盖住她的大腿根部,他的心怦怦跳,心想这种内裤穿了比没穿还要命。

如意羞愧难当,她望着自己的左腿,伸手抹去挂在腮帮子上的眼泪,别过头看向窗外。

富春眼前是一条严重水肿的腿,整条腿已经发紫。断裂处大约在膝盖上方,股骨三分之一处。好在断骨没有戳破皮肉造成皮外伤,细菌无法进入,已是不幸中的万幸。

富春拿起木板就要绑,如意转过头道:"等一下。"

富春放下木板,擦去额头热汗,脱下卫衣,只穿了一件棉毛衫,电暖器调到了二十多度,此时小屋里已经很暖和了。

如意擦去额头上的冷汗道:"你得先把我的脚掰正,否则骨头和骨头对不上。"

富春点点头,轻轻握住如意向外撇的脚,逆时针转了一点,如意痛得惨叫了一声。富春又逆时针转了一点,可他手一放,脚掌又向外撇去。

满脸是泪的如意无助地望着他。

富春沉思了一会儿,打开登山包,从里面拿出一套自己的换洗衣裤,卷成一团顶住如意的脚掌侧面,再一点点掰正了如意的腿。他试了试木板的长短,四块木板分别上下左右在腿的四周夹紧,最后用绳子牢牢绑住。

上完夹板,富春轻轻扶着如意,让她头朝南脚朝北地躺下。他轻轻将她上了夹板的左腿摆好,用卷成一团的衣服顶住左脚掌外侧,不让断腿外撇,然后为如意盖上了被子。

"得有些日子不能动了,只能躺着让骨头慢慢愈合。"富春道。

如意转过头看着墙壁,过了一会儿道:"这么接,长好了也会瘸的。"

富春黯然。

如意狠狠擦去眼泪道:"以后一条腿长,一条腿短,走起路来一瘸一拐,变成个死瘸子。"

富春纠正道:"活瘸子。"

如意没有回答,脸冲着墙。

富春叹了口气,爬到上铺躺下,木床嘎吱嘎吱摇晃了几下,安静了。

富春闭上眼,刚想睡一会儿,就听到下铺如意轻轻拍床板的声音。他探出头,只见如意仰着脸,无助地望着他。

"怎么啦?"

"没事。"

富春吁了口气重新躺好,正准备睡,又听到如意拍床板的声音,这下更用力了。

富春探出头:"又怎么啦?"

"那个……"如意脸涨得通红。

富春拍拍枕头重新躺下。

床板再次响起,轻轻拍了两下。富春没动,如意又用力拍了两下。

富春叹了口气,探出头问:"到底怎么啦?"

如意不动了,可怜巴巴地望着他。

富春觉得不对劲,他爬下床,站在如意身边。

如意怔怔望着他许久,嘀咕了一声。富春没听清,问:"什么?"

如意哇一声大哭出来,边哭边用力拍床板道:"我要上厕所!"

富春傻了,他从没想过还有这一出:欧罗拉女神要大小便。

窗外是万里无云的晴朗子夜,两只贼鸥飞回来,站在窗外嘀咕。

如意面如死灰,她的高傲,她的冰清玉洁,她的不食人间烟火瞬间灰飞烟灭。她终究是要拉屎撒尿的,她不是林黛玉,只活在书里葬花。她是个大活人,只要是喘气的,玉环也好,飞燕也好,大家都得吃喝拉撒,都逃不出这个五浊恶世。

富春急道:"这……这怎么办?"

如意喘息急促起来,她想爬起来,富春赶忙按住她道:"别乱动,刚上的夹板。"

如意重重躺下，泪水滑下眼角。

富春沉默了，感受到了她的悲伤。他坐在床沿，认真想了一会儿。

"谁都不会知道的。"富春道。

如意急促地呼吸着，抬起泪眼望着富春。

"谁都不会知道这里发生的一切，我保证。"富春郑重道。

如意闭上眼用力点点头。

富春从食品架下拿来一个盆，掀开被子，试图将盆塞到如意屁股下面，可如意试了几次都无法顶起自己的胯部，断骨处传来的巨大疼痛让她放弃了。

富春重新给如意盖上被子，思索起来。

他爬到上铺，将上铺的被褥铺在地上，然后掀开如意的被子，轻轻抱起她放在被褥上，再轻轻为她盖上被子。富春控制着自己的目光，尽量不接触如意的下半身。

富春掀开下铺的褥子，从登山包里拿出那把多功能瑞士军刀，拉开其中的一把小钢锯。床板是木头的，富春花了大约五分钟在床板上锯出一个不太大的洞，然后把那个盆放在洞下面。他收起锯子，从瑞士军刀里拉出一把剪刀，在褥子上剪出一个对准洞口的窟窿。

"求你了，快一些。"如意痛苦道。

富春俯下身，轻轻抱起如意，俩人的脸离得很近，都能闻到对方的气息。如意转过脸，富春抬起头，他把她重新放在床上，很仔细地放好她上了夹板的左腿，用一团衣物顶住她外撇的脚掌，然后为她盖好被子。

"我先出去一下。"富春道。

如意感激地点点头。

富春打开第一道门走到保温门斗里,再打开第二道门来到外面。

他望着落在窗外的那两只贼鸥,不由得蹑手蹑脚地走过去。燃气灶边有一瓶酱油,他的眼前浮现出一幅红烧贼鸥的美景。

贼鸥警惕地往后退了两步,他吹着口哨,眼睛看着别处,没事人一样缓缓靠近,就在他准备奋力一扑时,贼鸥飞走了。

贼鸥昂昂昂叫着,那意思像是在说傻瓜傻瓜。

富春隔着窗口的玻璃望向屋内,发现如意正看着他,俩人目光相遇时,如意羞愧难当地转过头去。

过了一会儿,富春回到屋里,装作没闻到那股气味。如意脸红得像烧炭一样。

富春拿着屎盆子跑出去,再拿着干净的盆跑回来,将盆放在老位置。

他从包里翻出自己的一件全棉汗衫,又跑了出去,在积雪融化的水坑里打湿了汗衫,绞干了,跑回屋里递给如意。

"擦擦吧。"他道。

如意接过汗衫,放入被子。富春走到窗前,把窗子打开一条缝,清冽的南极风吹进屋来,气味一点点散去,清新的空气令困顿不堪的俩人为之一振。

"那什么……把裤衩脱了吧,要躺这么久,不干净的话万一生了褥疮就麻烦了。"

如意憋红了脸点点头,用尽力气把裤衩褪到双手能伸直的极限处。

富春走到床边，看着她求助的目光。他伸手入被，冰冷的手先是摸到了她的右腿，俩人都僵了一下，然后他摸到了裤衩，隔着被子慢慢将她的裤衩脱下，拿出被子扔在一边。

他重新站到窗前望着窗外的大地。远处山脉起伏，近处白雪皑皑，纯净的风吹入他的鼻腔，使他清醒，令他冷静。

背后传来一阵窸窸窣窣的声音，然后如意从被窝里拿出那件擦过身体的汗衫。

"喂。"她叫他。

他转身走到床前接过汗衫，犹豫了一下，弯腰捡起那条蕾丝小裤衩出了门。

富春在融雪水坑里洗干净了汗衫和裤衩，又在苹果屋里拉起了一根晾衣绳。洗干净的汗衫和裤衩并排挂着，汗衫是白的，裤衩是黑的，苹果屋里顿时有了人气。他发现靠里的墙角放着一个长条形的黑色尼龙包，打开里面装着一套海钓的钓竿。

富春提着钓具回到屋里时，如意看上去是睡着了。

富春把钓具放在墙角，望着如意微微颤抖的睫毛，明白她现在唯一能做的事就是假装睡着。

富春关上窗，拉起遮光窗帘，小屋里顿时黑了。他轻手轻脚脱了冲锋裤，不放心地把脱下的袜子放在鼻子下闻了闻，然后把袜子扔得很远，轻轻爬上了床。双层小床嘎吱嘎吱摇了几下，然后安静了。

黑暗中如意睁开眼，望着自己上面的床板。

不一会儿，床板上传来了均匀的呼噜声，富春累坏了。

如意感到伤处传来阵阵剧痛，她强忍着，蓦地想起这两天她都没有吃药。

作为一个多年的忧郁症患者，在连续不断的求生、耻辱和剧痛中，她第一次没顾上忧郁。她想起了痛不欲生的翻山越岭，赤身裸体的接骨求生，羞愤难当的近乎失禁。和这些比起来，她的忧郁症在伤痕累累的心里几乎没了位置。和这些比起来，她小药盒里的氟西汀和帕罗西汀——那都不叫个事。

黑暗中，她凝望着头顶上的床板，仿佛是在北极的寒风中，她站在仪器边，抬头凝望着那道美丽的极光。

"Aurora……"北极极夜的苍穹下，她呵出一口白气轻声呼唤。

那道紫色的极光静静出现在夜空中。

她张着嘴，静静地站在原地，仰望着它。

"Aurora……"她默默对它倾诉着自己的愿望。

天空中，那道罕见的紫色极光静静闪耀着，四方一片寂静，白雪在黑暗的极夜中反射出深蓝色的微弱光芒。一切都那么美，如梦如幻，不可思议。

拉上窗帘的黑暗小屋里，如意睁大眼睛望着上面的一块床板。

"Aurora……"

床板上的呼噜声越来越响，伴随着富春的转身，整个床吱吱嘎嘎摇了几下。

黑暗中如意闭上了双眼。

富春那块陀飞轮金表放在不远处的桌上，时值格林尼治时间凌晨一点二十四分。

CHAPTER

5

俩人一直睡到第二天中午才醒过来。

富春拉开窗帘时,发现外面暴风雪还在持续。如意还在熟睡,他轻轻合上窗帘。

昏暗温暖的小屋里,富春穿着一身棉毛衫裤,赤着脚来回地溜达着。

他检查了天然气灶、电取暖器,点了点货架上各式各样的过期罐头,看了看熟睡中的如意,听了一会儿屋外柴油发电机发出的嗡嗡噪音。

窗外是呜咽的暴风雪,他走到长桌边坐下,默默四顾,忽然有了一种家的感觉。

家对他来说很纠结——他是个孤儿。

一直到离开福利院时,他都没能在大脑里形成过家的概念。赚了钱后他一直渴望能有个家,他在上海北京买了几处别墅,花了大力气装修，中式、地中海式、东南亚式，各种风格花里胡哨整了一堆，希望漂亮窝能招来个心上人，可装修完后他始终没遇到一个心上人，只有天上人间的小艾艾有时候跟他回去。小艾艾漂亮，看得开，玩得转，世界观和得道高僧差不多，达到了色不异空空不异色的境界，她喜欢他，也图他的钱。他无所谓，因为付了钱，所以两讫。他早上生意场，晚上风月场。有生意场上的女强人，也有风月场上的强女人，上过床后，有恩断义绝的，有形同陌路的，还有称兄道弟的。

他阅人无数，但始终没找到一个能成家的女人。

很多个早晨醒来后，他都会尽快让留宿的女人离开。他一个人惯了，连条狗也不养，连自己都懒得照顾。每天回家都是一个人，再后来他越来越少回去了，因为房子太大。他一个人孤魂野鬼一样在里面游荡，从这个房间走到那个房间，结果还是回办公室的沙发上睡。

办公室墙上挂着他初中时的一张奖状，内容是打扫卫生的先进分子。他很珍惜这张奖状，把它镶在镜框里端正挂着，并不理会这已经成了公司里的一个笑话。

办公桌的玻璃台板下压着把他带大的福利院黎老师的照片，沙发上则是他的头油和别人屁股混合出的独特气味。这间不大的办公室在公司飞速扩张的几年间，成了他的窝。

窝和家是不一样的。窝用来生存，家用来生活。福利院长大的他对家有种渴望，渴望背后是悲伤，悲伤背后是蔑视，蔑视背后是怀疑。他不相信家这个东西，不相信会有人能让他铁了心要一起过上一辈子。

可在西南极某处,在世界的尽头,有个女人正和他生活在同一屋檐下。他和这个女人被困在世界尽头这个废弃的无人小站里,有限的食物,有限的燃料,他们不知身处何地,也没人知道他们在这儿。

如意仰面躺着,轻轻呼吸着。

他想抽根大雪茄,最好再配上一杯上好的红酒。可兜里只剩下六根了,他摸出一根放在鼻子下面闻了一会儿,又放了回去。

如意醒了。

富春站起身,拉开窗帘,一场可怕的暴风雪正在屋外肆虐,俩人静静望着窗外的混沌冰雪。

"我们得把所有能吃的整理一下。"富春道。

如意艰难地撑起上半身,斜靠在枕头上。

"尽量少动。"富春道。

如意捋了捋凌乱的头发。

富春开始整理起货架上的各种食品,包括灶台上的所有调料。整理结果如下:两罐没开封的写着英文的奶粉;五罐写着俄文的青豆;一罐已经打开,只剩一半的可可粉;二十多听中国午餐肉罐头;六听写着英文的沙丁鱼罐头;五颗水果硬糖,估计是路过的队员随身带的;一袋中国大米,剩下约三十斤。

食品总共就这些。

另外还有一些调料:一包盐、半包糖、半瓶醋、一瓶酱油,除了那半包糖,其余全是中国产的。富春默默计算了一下,加上屋外的那些柴油和液化气,所有的物资大约能支撑两个月。但如果能抓到贼鸥或者钓到鱼，他俩也许能坚持更久。现在看来短期内食物不是大问题，关键是燃料，如果柴油耗尽，或者液化气用完，他们就得过茹毛饮血的日子了。

"你把罐头上的日期排一下，看看多久才有人来这里一次。"如意道。

富春拍了拍脑袋。

通过不同罐头上的日期推算，他们发现这里最短一次间隔两个月就有人来过，最长一次两年没人来过。

富春拿起日期最早的一听沙丁鱼罐头道："先吃这个古董吧，咱们从最早的吃起，越吃越新鲜。"

如意道："照你这么吃，其实是越吃越过期，得反过来，先吃日期靠后的。"

富春把沙丁鱼罐头码好，放回货架，日期最早的那罐还是在最上面，他是个保守的家伙。

如意抬起头问："英文罐头上写的是哪里产的？"

富春拿起罐头仔细地看，道："MADE IN……我不认识后面的单词。"

"拿过来我看。"

富春把罐头递给如意，如意道："澳大利亚产的。"

她又看了另外几听不同的英文罐头，发现都是澳大利亚产的。

如意想了一会儿道："也许我们离中国的极光站，只有三十公里远。"

富春拿着罐头愣在那儿。

如意道："中国在南极有长城站、昆仑站、中山站，还有新建的泰山站和极光站。长城站在菲尔德斯半岛，按照时间和机型计算，大约应该在蓬塔起飞后，飞行四小时的距离范围内，我们在起飞后大约六小时坠落，首先可以排除。而昆仑站建在南极冰盖上的DOME—A最高点，这里显然也不是。中山站位于东南极伊丽莎白公主地的普立兹湾，泰山站则位于中山站和昆仑站的中间，这里是西南极，所以也可以排除。所以这些食物只可能来自西南极的极光站。每年雪龙号先到澳大利亚弗里曼特尔港口进行补给，然后穿越西风带，到达中山站，之后再从中山站出发，穿越南大洋，来到极光站进行补给。所以这些澳大利亚产的罐头应该是中国科考队留下的。极光站附近是俄罗斯的前进站，这就解释了为什么这里有俄罗斯面粉。"

富春坐下，放下手里的罐头。

"我记得在极光站附近有个无人小站，是早些年澳大利亚建造的，据说有安全隐患被废弃了。人们管这个基地叫 Law Base，如果我的记忆没错，Law Base 离极光站只有三十公里远——这里，就是 Law Base。"

富春感受到了如意的能量。仅仅是从几听罐头的标签上，她就得出了一整套严密的推论。

"极光站离这儿只有三十公里远？"富春站起身问。

"最多三十公里。"

"那就是说，我们得救了？！"富春颤声问。

如意叹息道："几乎不可能。"

"为什么？"

"因为我们只知道距离，不知道方位。茫茫一片南极大陆，你怎么找？大海捞针？这里是南极，你的每一步都有可能是你的最后一步。"

富春重新坐下，屋子里安静了一会儿。

"有戏！"富春道。

"没戏。"如意道。

如意沉默了一会儿道："我们不知道方位，找到的概率太低了，几乎是不可能的。"

富春转身拿小锅子舀了一点米道："除了概率还有一样东西，你给忘了。"

"什么？"

"命啊。"

如意笑了笑，这是她来到南极后的第一个笑容。

"得准备准备，我明天就出发！"

"我呢？"

"我负责大海捞针，你负责守株待兔，说不定会有经过的人来歇歇脚。"

小屋里，俩人望着桌上的一堆过期食品。

富春道："我去弄点雪来煮饭。"

如意道："多弄点雪，煮粥吧，省点米。"

煮完粥，富春舀了一碗给如意，开了听沙丁鱼罐头，俩人就着过期沙丁鱼喝粥。

吃完了第一顿早饭，如意躺在床上看着富春整理行李。

富春拉开登山包，往里面放了两听午餐肉罐头，想了想，又拿出来一个。

如意道："你多带点吃的，万一遇到危险还能扛一扛。"

富春又把拿出来的那听午餐肉罐头塞回包里，道："平时我就带点粥，这算是紧急时的口粮。"

如意道："把那几颗水果糖都带上，关键时刻能提供热量。"

富春道："你留着吃吧。"

如意道："五十克水果糖的热量大约在三百卡路里，我留着是零食，你带着说不定能救命。如果你死在外面，我也没法一个人在这儿活下去。"

富春把水果糖放进包里，然后把绳索和瑞士军刀等塞入登山包。

富春整理完登山包，就坐在那里看着窗外，雪停了。

屋子里安静了一会儿，富春道："让我看看你的腿吧。"

如意没反应。

富春起身拿过一件汗衫，用煮粥剩下的雪水打湿了，绞干后递给如意道："你擦一下。"

如意接过汗衫，伸入被窝。

如意擦完，富春慢慢卷起被子，到如意大腿根部停下。他装作没有闻到从床板窟窿里冒上来的那个尿盆里的气味，紧绑着夹板的左腿还是水肿得厉害，但紫色比昨天淡了一些。

富春重新加固了顶住外撇脚掌的那团衣物，道："你得忍住，尽量别动，这团衣服靠在墙上，能顶住你的脚掌不让它往外撇，否则将来会瘸得很难看。"

如意面无表情地点点头。

富春放下被子，拿出床底下的尿盆，接过如意从被窝里递出来的擦过身体的汗衫，出门去了。

如意躺在床上，漫长的一天等待着她。

没有电视，没有广播，她不能动，赤裸着下身，度日如年地躺在一张挖了个窟窿的床板上。她再次想起那些抗抑郁的药。

富春在水坑边洗着汗衫，心想再过几天不洗澡他俩都会发臭。

他从苹果屋里晾完汗衫出来，发觉这个静谧的小站很美。不远处的风球在吱吱嘎嘎转着。

小屋背后的那座山上积雪很厚，在阳光中反射着金色的光芒。

两声贼鸥的叫声打断了他的思路，他站起身望着贼鸥，咽了口唾沫。

他跑进苹果屋四处打量，最后目光停留在一只放杂物的小木板箱上。

木箱大约八十厘米见方，盖子用铰链连接在箱体上。富春把木箱里的一些杂物倒掉，找了根小木棍，跑到屋外。

他把木箱放在雪地上，将木盖打开，再用小木棍撑住。他跑进屋，从罐头里挑了一块沙丁鱼。

如意撑起身子。

他用刀割了一段绳子，再从这股绳子里分出细细的一捻。他拿着绳子和肉跑到屋外，把肉扔进箱子，把绳子拴在撑住木盖的小棍上。这样只要有贼鸥飞进木箱叼肉，他一拽绳子，那个沉重的木盖子就会把贼鸥关在里面。

他将木箱放在水坑边的一片雪地上，布完这个机关，然后远远地跑开，观察着眼前的一切。

过了一会儿，那两只贼鸥就飞来了。其中一只毫无戒心地走近盖子大大开着的木箱，禁不住沙丁鱼肉的香味，翅膀一拍就从开口处跳进了木箱。

只听啪一声，木箱盖上了，富春欢呼着一跃而起跑向木箱。

那只贼鸥在木箱中狂怒地扑腾着，爆发出惊人的力量，整个木箱晃动着。它狂怒地叫着，木箱外它的同伴也展开双翅，仰起头，冲着富春昂昂昂叫起来。

富春想速战速决，他将木箱盖子打开一条缝，伸手进去抓贼鸥。没想到这时另一只贼鸥向他发动了攻击，它飞上天，急速俯冲下来，对准富春没戴帽子的脑袋狠狠啄了一口。

富春只感到头顶一阵剧痛，整个人往后一倒，带翻了木箱，里面那只贼鸥飞了出来，与外面那只迅速飞远了。

富春感到一股热血顺着脖子流了下来，他头晕目眩地站起身，气急败坏地望着停在远处的那两只贼鸥。

那两只贼鸥毫不示弱，一齐展开大翅膀，冲着富春仰起头叫唤着，那意思是有种就干一架，谁怕谁啊。

富春摇摇晃晃跑进屋，气喘吁吁地坐在长凳上，用手捂着脑袋，血从指缝里冒出来。

刚刚的一切如意透过窗户都看到了，她扔过来一条丝巾道："快，摁住伤口。"

富春接过这条粉色丝巾，看了看没舍得用，还是用手摁住伤口。

小屋里只听到富春狼狈不堪的喘息声。

富春道："非红烧了它们。"

如意道："你这是违反南极条约。"

富春道："我违反过很多条约，但我无论如何也没想到，这辈子还能违反一次南极条约。"

他拉开钓具包，拿出那套钓竿打量着："钓鱼怎么样？"

如意道："有鱼的话，食物就够了。"

富春道："现在海冰太厚了，得再等一段时间，气温高点，海冰薄一些，才能打个洞钓鱼。"

如意望着那套钓具道："这里的寒水鱼一年才长一厘米，一条巴掌大的鱼估计都是有岁数的。"

"说说你的研究吧。"富春边整理钓具边道。

"我主要研究离地八十公里到离地三百公里内的事。"

"那里有什么？"

"极光、夜光云、气辉，有时候也考虑离地五百公里以上磁层的事。"

"有意思？"

"在高空大气中，氧分子被宇宙射线拆开成了两个氧原子，氮分子的电子也可能被打掉，变成氮离子，你说这是不是很有意思？"

"这个……然后呢？"

"然后来自太阳风的高能电子撞击高空大气中的原子或分子，受激的原子和分子回到基态，发出它们特有的光。"

"然后呢？"

"然后出现了红色、绿色和紫色的极光。"

停了一会儿，如意又道："芬兰语管极光叫狐狸之火。传说是一只狐狸在山坡奔跑时，尾巴扫起的雪花飘到天上，形成了极光。但爱斯基摩人却认为极光是亡灵上天堂时用的火炬。还有传说认为极光是死去少女的灵魂。"

"有没有金色的极光？"富春问。

"没有。"如意道，"红色极光的波长为 630.0nm，绿色的极光为 557.7nm，紫色的极光为 427.8nm。通常是这三种特征颜色，没有金色的极光。"

"那不一定。我是说，万一呢？"

"科学没有万一。"如意道。

"只要你活着，就有很多万一。"富春道，又问，"研究这个赚钱吗？"

如意抬起头盯着富春道："极区高空大气物理是冷门，科研经费并不多，我也没钱……在你的世界里钱是不是衡量一个人成功的标准？"

富春无语。

"我读了七年研究生，每个月的津贴是一千五。毕业后当助理研究员三年，每个月的工资是六千。"如意道。

"现在呢？"富春问。

"现在是副研究员，得干个五六年，才能成研究员。"

"然后就出头了？"

"研究员还分四级、三级、二级……"

"然后呢?"

"然后也许能成院士。"

"那得多少年?"

"不知道,也许是一辈子。"

"你赢了。"

俩人说着话,一个下午就过去了。富春拉上窗帘道:"明天早上我得把外面的柴油发电机关了,油得省着用,以后只有晚上开。"

如意点头道:"我早上在屋里多盖点,晚上再发电取暖。"

富春爬上床躺下,俩人都睡不着。

"明天你就出发吗?"如意问。

"嗯。"

"这里很凶险,冰原上有让人迷失方向的白毛风,还有深达上千米的冰裂缝,现在是夏季,海冰上会有越来越多的融池,万一掉到海里冰冷的海水会迅速把人冻死,还有冰山崩塌,还有……"

"放心吧,我每天都会活着回来的。"富春笑道。

如意望着头上的床板,小屋里安静了一会儿。

"南极的事,你知道得还挺多。"

"前年我在东南极的中山站,去年在西南极的长城站,今年来南极前我在北极的黄河站。"

"你在科考站的时间比在家多。"

"我还没成家。"如意道。

"咱们终于有共同语言了,我也没有家。"富春开心道。

窗外传来贼鸥的叫声。

"你有男朋友吗?"

"有……关你什么事?"

"总之聊点什么吧。"

"聊什么?"

"聊点带劲的。"

"斯科特和阿蒙森的故事想听吗?"

"他们干吗的?"

"一百年前的南极探险家。"

"讲。"

"那是一百年前,挪威人阿蒙森和英国人斯科特争夺谁能第一个到达南极点。他们面对的是时速达三百公里的寒风,零下五十度的低温。阿蒙森到达南极罗斯冰架后,在鲸湾设立了弗雷姆海姆大本营。他挑选了鹿皮外套和雪地靴,选择了爱斯基摩狗拉雪橇,还每隔一个纬度设一座仓库,里面贮存了海豹肉和燃料。阿蒙森还在雪地上插上竹竿,竹竿不够就放一条冰冻的咸鱼,以此标明道路,不致迷失方向。在度过了南极的冬天后,阿蒙森和四名队员驾着由五十二只爱斯基摩狗拉的四副雪橇向南极点进发。在他们前方是一千三百公里无边无际的冰原。他们遇到过很多危险,暴风雪、冰裂缝、雪盲……在食物匮乏时,他们不得不以吃爱斯基摩狗维生。有二十四只狗被吃了。最终阿蒙森在人类历史上第一次到达南极点,并在那里竖起一面挪威国旗。"

"另一个呢?"富春问。

"斯科特在麦克默多湾设立大本营,与南极点之间的距离比阿蒙森营地要远九十六公里。斯科特选择了西伯利亚矮种马和两部摩托雪橇。可他没想到雪太厚了,矮种马的肚子贴着雪地一路前行,结果都冻死了。而摩托雪橇在南极的严寒中变成了一堆废铁。斯科特和队员只能用人力拖着沉重的雪橇走在冰原上,这大大消耗了他们的体力。他们最终越过南极最大的彼尔德摩冰川,在阿蒙森到达南极点三十四天后,斯科特也到达了南极点。"

"图什么呀这是?"富春感慨。

"斯科特看到挪威的旗帜已在那里了。这对他是个巨大的打击,他变得意志消沉。斯科特遗留下的日记里这样写道:'我们将如绅士一般死去。我希望以此证明我们民族坚忍不拔的意志从未消失。如果我们能活着回去,我将讲述这个历尽艰辛、坚韧勇敢的故事。'回程是悲壮的,队员相继死去,最后斯科特和另两名队员筋疲力尽地死在离基地不远的地方……"

在拉上遮光窗帘的小屋内,电暖器发出的细微嗡嗡声和如意的娓娓道来混合在一起,富春望着天花板,脑海里闪过一幅幅画面。

"你睡了?"下面问。

"没有。"上面答。

"你能体会到那种伟大的情怀吗?"下面问。

"不能。"上面答。

下面沉默了一会儿道:"在麦克默多站,有斯科特用过的衣服、炊具、机械和各种东西,还有个名叫'斯科特窝棚'的遗迹。我在麦克默多站时看过斯科特的遗物。这样的男人,太伟大了。"

"哎，你说，国家到底给他们多少钱，能让他们这么玩命？"上面探出头问。

"你个俗人……在你的心里没有那种可为之寂寞、为之牺牲的爱吗？和你说这些伟大的人和事，简直就是对牛弹琴。"下面冷冷道。

"牛怎么了？牛是用来夸人的。你说说他们，放着好日子不过，都他妈吃饱了撑的。"

"庸俗！"

上面缩回头，打了个惫懒的哈欠，接着就没声音了。

CHAPTER

6

富春轻手轻脚爬下床,从桌上拿起手表,时值格林尼治时间早上六点。

他拉开窗帘,外面天气晴朗,太阳明晃晃地挂在那里。

他伸了个懒腰,走到货架边舀了点米,开始煮粥。

如意被他发出来的声音弄醒了,她睁开眼,又羞愧地闭上。

富春拿起床下的便盆,出了门。过了一会儿,外面柴油发电机的嗡嗡声停了下来。富春回到屋里,把便盆放回原位,烧开一锅热水,把晾在苹果屋里专给如意擦洗的汗衫拿来放进热水里煮了煮,捞出来兑了点冷水绞干了。

他把绞成一团的热气腾腾的汗衫递到如意面前,如意接过,先擦了擦脸,然后放进被窝里擦拭身体。

富春转过身,把煮好的粥倒进碗里。他把昨天吃剩下的沙丁鱼罐头里的汤汁淋在如意那碗粥上,剩下的三块鱼也搁在如意的粥里。

屋子里渐渐冷下来。

富春把粥递给如意,道:"从今天起,我们每天只能吃两顿。早上一顿,晚上一顿。"

如意接过粥。

富春从登山包里拿出一个大号金属保暖水壶,把自己的那碗粥倒进去,盖好,再把保暖壶塞进包里。

然后他从上铺把自己的被子和褥子全拿了下来,盖在如意身上。

"柴油不够用,从今天起,发电机只能晚上开,早上得关了。"

如意吸溜着喝了一口粥,点了点头。

富春转过身,开始穿冲锋衣裤,他把手套戴上,把如意那条粉红丝巾紧紧围在脖子上。

虽然正值南极夏季,但室外还是寒风刺骨。富春的远行是一场考验。

如意问:"你准备从哪个方向开始找?"

富春道:"现在是早上,太阳总是从东方升起的,我准备向东开始找。"

如意听完道:"在南极极昼的时候,太阳升起的方向是北面。根据太阳的方位,可以推论坠毁点在我们的西面,所以西面是大海。你要搜索的方位是东南北三个方向。"

富春愣在原地,问:"太阳怎么可能从北边升起来?"

如意道:"不管哪里,当地时间午夜必然是太阳高度角最小的时候。太阳高度角最小的方向,北半球为北方,南半球为南方。北极极昼地区午夜太阳方向为南方,南极极昼地区午夜太阳方向为北方。极点除外。"

富春道："听不懂。"

如意道："在南极，你得学会相信那些你听不懂的事情。"

富春道："太阳从北边出来了。"

富春背上登山包，戴上那块陀飞轮金表，道："我想先往北走走看，算命的说过，今年我大利北方，走到三十公里远，如果没有极光站，我就原路回来。"

如意道："你平时用右手，所以你的右腿比左腿强壮，你以为是笔直走，其实会往左偏。同时受地转偏向力影响，你的方向会发生偏转，北半球右偏，南半球左偏，所以你会更往左偏。你不能相信自己的感觉，一定要找参照物，一座山、一块石头、一道冰川等等。你必须记住你的来路，尽量做标记，牢牢记住某些地标，这样你才能回得来。"

富春拉紧冲锋衣的拉链，紧了紧鞋带。

如意道："人的步行速度大约是一小时走六公里，所以看好你的表，从出发时开始计算，走大约五小时，差不多是三十公里远。你面对的是复杂的南极地形，所以你得加一个小时，也就是你走大约六小时，如果没有找到极光站，你就赶快回来，这样你每天大约要走六十公里，需要十二个小时。"

富春笑了，问："有什么是你不明白的吗？"

如意道："我不明白你为什么笑得出来。"

富春道："在南极，你得学会理解那些你无法理解的事情。"

他打开内门，走到内门和外门构成的保温门斗里，回过头，俩人对望了一会儿。

"我走了。"他挥挥手道。

"早点回来。"她躺在床上道。

富春关上内门,打开外门,南极的风吹入他的鼻腔。

他走到院子里,选了一块黑色的沙砾地。在南极,只有在夏季,当一部分冰雪消融后,黑色的地面才能露出来。

他用冰镐在沙砾地上画了一个圆,然后正对着太阳的方向在圆里画了个十字。

按照如意的指示,他面对太阳,这样他就面朝北方了,左手边则是他坠落的西方,是大海。

他定了定神,向北走去。

富春走了没多久,就发现北面是一片无边无际的冰原。他独自走在这片冰原上,慢慢走进一大片奇形怪状的小雪堆里。这些白色的雪堆默默围着他,有像猴子的,有像大象的,还有像妖怪的,大多数只有一个小土坡那么大。富春眺望,发现不远处有一座巨大的白色冰山。

他没想太多,转过一个雪堆,向着那座冰山走去。他一口气走了十五分钟,来到这座巨大的冰山脚下。这时一只海豹横在他眼前。这是一只威德尔海豹,正仰面躺在冰上晒太阳。

富春站在它身边琢磨了半天,结论是他一个人弄不死它。无论如何。他望着海豹肥硕的身躯,肚子叽里咕噜叫唤起来。

这只威德尔海豹体长三米,重约三百公斤。它懒洋洋地抬起头看了看富春,打了个大哈欠。当富春见到它嘴里那排锋利的牙时,彻底绝了打海豹吃肥肉的念想。海豹不知道富春风起云涌的思想斗争，又倒头睡去。它的两只前鳍搁在肚子上，时不时地挠挠痒，胡子一抖一抖，显得内心快乐，生活安逸。

阳光照在冰雪上，亮晃晃地刺入他的眼睛。他揉了揉眼睛，停住脚步，心想这里怎么会有海豹呢，这里不是陆地吗？

他又走了几步，腾地停下了，心想眼前怎么会有冰山呢，冰山不是大海里才有的吗？

他原地转了一圈，用脚在冰面上使劲跺了跺。海豹被他发出的声音惊动了，慢慢蠕动起肉乎乎的身子，爬到一个雪堆后面去了。富春从另一个方向绕到雪堆后面一看，才发现冰面上有个海豹洞。海豹钻入洞里深蓝色的海水中游走了。

富春僵在原地，这才明白自己再一次走出了南极陆地，走上了南极海的冰面。他面前是绵延无尽的白色海冰，上面盖了雪，看上去和陆地一模一样，其实在他脚下的，是几千米深的冰冷海水。

原来小站的北面紧靠着大海——这个小站是建立在靠近大海的一座山脚下，它的西面和北面都是大海。西面跟大海隔着六座山，北面离大海很近。

富春走到海豹洞边往下看，洞里的海水轻轻拍打着厚厚的蓝色冰洞。

他四顾茫然，抬头静静望着那座巨大的冰山。

冰山大约有十层楼那么高，龟裂的冰缝里露出湛蓝色的冰。起风了，风灌进那些湛蓝色的冰裂缝中，发出各种呜咽。富春抬腕看了看表，转身往回走去。此时，一大块冰忽然从冰山顶部崩落，以雷霆万钧之势向下砸来。富春听闻头上传来一声巨响，还没反应过来，又一声巨响，面前的海冰被砸破了，一排混合着冰碴和海水的汹涌大浪向他掀来。

这一切发生得毫无预兆，如一个炮兵阵地齐齐开火般的巨响，让富春瞬间失聪。富春被强大的冲击波掀倒在地，惊恐地看到脚下的冰面噼里啪啦地迅速裂开，紧接着又是一声震耳欲聋的冰山崩塌，数万立方米的冰雪倾泻而下，释放出难以想象的巨大能量，像是一头狂怒的怪兽张开布满白色尖牙的大嘴向富春飞奔袭来。

富春连滚带爬向陆地方向逃去。在他四周，被激起的雪和着风，瞬间让他伸手不见五指。周围十平方海里一片沸腾，他感到脚下的冰面在颤抖倾斜。他拼尽全力向前爬着，看到冒出海水的冰裂缝时，就玩命跳过去。

轰！冰山第三次崩塌，它是要杀了富春。

富春哆嗦着，喘息着，像只灵巧的松鼠那样，在迅速龟裂解体的冰面上夺路而逃。身后是大约五米高的一排冰雪巨浪，其中的任何一块冰都能把他打成肉泥。脚下是零下三度的冰冷海水，只要掉下去，几分钟内就会被冻得失去知觉。

他跑向一座坚实雪堆，奋力一扑，蜷缩在雪堆后。轰的一声，一片夹杂着无数冰块的白色气雾从雪堆两侧和他的头顶上呼啸而过。瞬间，四周皆是白色，伸手不见五指。

富春蜷紧身子，躲在雪堆下。

咔嚓嚓，他的脚下再次传来一阵坚冰裂开的巨响。

"开恩啊！"他歇斯底里、惊恐万分地冲天大喊。

冰山的崩塌停止了，飞溅的冰雪纷纷落下，除了冰面开裂的声音，天地间再无声息。

他哆哆嗦嗦地站起身，走出这座挡住死神的雪堆，望着身后一片混沌，缓缓跪下。

此时如意望着窗外。

她整天躺在床上，尽量一动不动。为了能尽快让断骨处长出骨痂，她极力克制着内心的各种煎熬。

在这个世界尽头的小屋子里，最可怕的不是寂寞，而是不知道会不会一直这么寂寞下去。正如富春跪在海冰上张着嘴望着前面，最可怕的不是山崩地裂，而是那无尽的远方。

如意静静望着那幅画着观音菩萨的挂历。如果富春死在外面，那么她也必将困死在这小屋里。每每想到此处，都会不寒而栗。她默默计算着富春离开的时间，唯一的一块表富春带走了，她的手表扔在第一次宿营的山脚下，当时没觉得一块手表有什么重要，现在才知道，时间是联系她和富春的唯一纽带。因为天不会变黑，她躺在床上，不知道究竟还有多久他才能回来。五分钟在这里变得像一小时那么长，她强迫自己睡着，可越来越冷的房间和饥饿让她难以入眠。

她唯一能做的，就是翻看那本《泰戈尔诗集》，从《飞鸟集》翻到《吉檀迦利》，再从《断想钩沉》翻到《新月集》。

她轻声读着那些带有夏日花香的诗句。可时间过得太慢了，她独自躺在床上，蓬头垢面，裸着下半身，鼻子里已经闻不到床下那个屎盆子的气味，她从小到大积累起来的优越感和所有尊严终于灰飞烟灭。

那些特别黑暗的东西开始爬进她的脑子，那种刻骨的颓废开始侵蚀她的心，她得吃药，可药已随着飞机的残骸沉入了数千米深的南极海。

此时富春走在回来的路上，脚步沉重，气喘吁吁。路过一个融雪的水坑，俯下身喝了几口冰冷的水。他摸出一根雪茄，放在鼻子下闻了一会儿，放了回去，打开保暖壶，把最后的一点粥喝光。

他放目四顾，辽阔的天地间只有他一个活物，上下寰宇只有三种颜色，天的蓝，地的白，山的黑。他起身拍了拍屁股上的雪往回走去，觉得自己快累死了，无比渴望躺下睡一觉。

他走出海冰区，走上陆缘，这时一只企鹅的骸骨吸引了他。那是一只被贼鸥打败、吃得只剩下一副骨架的阿德利企鹅。

富春捡起骨架中的脊椎骨，闻了闻，没有什么异味。这里就是个大冰箱，有机物基本不会腐败。富春拿起一团雪，把这根企鹅的脊椎骨来回擦了擦，放进背包里。

在这个阳光明媚的晚上，富春回到了废弃小站，带着一身寒气走进小屋。

"你回来了。"如意撑起上半身，掩饰不住喜悦的语气。

富春感到一阵温暖，在白得晃眼的雪地里走了一天，眼睛感觉很刺痛，他揉了揉。

"怎么样？"如意问。

"北面不远是大海。"富春答。

如意沉默了一会儿道："我猜这个小站是建在一座三面环海、

一面连接大陆的半岛上。现在我们只剩下东面和南面两个方向,其中之一,必然也是大海。"

富春点了点头,道:"这是好事,如果只剩下一个方向,那我们找到极光站的机会就大大增加了。"

"值得庆祝!"

"嗯!"

俩人一起望着架子上的沙丁鱼罐头。

"即便只剩下一个方向,也是茫茫一大片,也是大海捞针。"

"嗯。"

富春起身道:"我去开发电机,做晚饭了。今天有好吃的!"

"什么?"

富春从包里拿出那根企鹅的脊椎骨,晃了晃,道:"新鲜的!"

如意伸手捂住嘴。

富春道:"不脏,新鲜的,我拿出去好好洗刷,晚上煮个企鹅骨头汤给你喝。补钙!"

如意干呕了一下。

富春拿着企鹅骨头出门去了。他在水坑边把骨头洗了又洗,那两只嗅觉灵敏的贼鸥又飞了过来,望着他手里的骨头。

富春心想总得想个办法抓到这两个家伙,一只红烧,一只清炖,想到此处,不禁咽了咽口水。

富春回屋,照例换了尿盆,煮了粥,外加煮了一锅企鹅骨头汤。他在汤里放了些酱油,但整碗汤还是散发出一股腥味。

等他把一碗热腾腾的企鹅骨头汤端到如意面前时,如意脸色变得煞白。

"喝了它，你得补钙。"富春道。

如意点了点头，接过碗一口气喝了。她气喘吁吁地把碗还给富春，强忍了几次，才没有呕出来。

富春目不转睛地望着她，犹豫地伸出手，给她拍了拍背。他的手接触到她时她僵了一下，随即就平静了。她抬起煞白的脸，擦掉强忍呕吐时憋出的泪，大口喘着气。

富春没心没肺地笑了，然后如意也笑了。

富春把粥端来，俩人正式吃晚饭。这次他俩没有开罐头，只在粥里放了点盐，凑合着吃了。

如意喝完粥，道："等能下床了，我做饭给你吃，等你回来。"

富春笑道："南极过家家。"

他走了一天，太累了，加上眼睛胀痛，不停流泪，喝完粥拉上窗帘，爬上床倒头就睡着了。

发电机在外面发出嗡嗡声，这让如意觉得踏实。小屋里渐渐暖和起来，如意听着富春的呼噜声，感到抑郁的心情好多了。她多想上铺传来拍床板的声音，然后富春就会探出头，两人就会多说一会儿话，可富春太累了，呼噜打得震天响。

屋外的天光透过窗帘的缝隙洒入一道，打在如意的床头。

如意轻轻掀开被子，观察了一下自己的左腿，红肿消退，状态比原来好多了。她盖上被子，随手翻开泰戈尔的诗集，正巧翻到《在病床上》的第二十二首——

我在梦中看见
生命的外壳脱落。
在那未知世界的川流上
卷去了财迷所攒积的一切……

如意合上书本,她拍了拍床板,想和上面说说话。
"喂!"
上面打呼噜。
"喂!"
上面继续打呼噜。

CHAPTER

7

第二天早上富春照顾如意吃饭擦洗后，去苹果屋翻出了一个生锈的手摇冰钻，回屋拿出了那套钓具。

"今天不找救援，我去钓鱼！"富春道。

如意道："海冰太厚了，这个小冰钻打不穿的。"

富春道："昨天一座冰山崩塌了，那块海冰区裂开了，应该能找到口子。"

如意吃了一惊，问："冰山崩塌时你在附近？"

富春笑了笑，出了门，眯着眼向不太远的海岸线走去。

他心惊肉跳地回到昨天逃命的地方，望着远处那座曾经崩塌的冰山，放慢脚步踏上海冰。

他找到昨天雪堆后的那个海豹洞，发现已经被崩塌后呼啸而来的冰雪覆盖了。他用脚踩了踩，很松，便插下冰钻，一只手扶着冰钻，另一只手紧握转把，嘎吱嘎吱摇了起来。他大汗淋漓地打了半个小时的洞，钻出一个不大的冰窟窿。他从包里拿出那套钓具，组装好，在鱼钩上牢牢插了一小块罐头沙丁鱼肉，把钓钩扔进海里。

起风了，他的眼睛越发疼痛。他拉紧拉链，蜷缩起身子，坐在冰面上等着鱼上钩，时不时不放心地望一眼那座崩了一小半的冰山。

如意躺在床上望着上铺的床板。

屋外的发电机富春出门前关了，屋里的温度正一点一点降下来。如意掀开被子望着自己的腿，她知道最快也得两周左右断骨处才能慢慢形成骨痂，那时才能勉强绑着夹板活动一下，但稍有不慎就会造成二次骨折。难耐的日子还很长。

富春坐在冰面上望着浮标，忽然发现它动了一下。

他猛一提钩，欢呼着将一条肉色的南极鱼钓出了冰洞。他大笑着，在冰面上捏着滑溜溜活蹦乱跳的鱼。鱼不一会儿就死了。富春趴在地上，仔细观察这条鱼。这鱼的头很大，眼睛也大，鱼鳞非常细密，大约一个半巴掌的长度。

"头真大，就叫你大头鱼吧！"他对鱼说。

他将鱼钩扔进冰洞，满怀信心地坐正身子。忽然他感到脖子后面一阵凉风，回头一望，冰面上的大头鱼已经被一只无声无息飞近的贼鸥叼走了。

富春大骂一声，放下渔竿，起身去追那只天杀的贼鸥，这才发现，不知何时，他的身后已经围聚起了一大群贼鸥，正用乌溜溜的眼睛注视着他。

他回到原地，重新把钓竿放到冰洞里。不一会儿鱼钩又动了，南极大头鱼不知世道险恶，踊跃上钩。富春这下学乖了，他钓上鱼后，把鱼放在冰面上，用原本装鱼的小桶反扣在鱼上。这下贼鸥没辙了，富春每钓上一条鱼，它们就用悲愤的声音集体叫唤一阵。富春每下钩，它们就集体噤了声，乌溜溜的眼睛一起盯着冰窟窿。

富春一口气钓了大半桶鱼，他把冰雪舀入桶里，盖住鱼，拍实了，再把桶放入登山包里。他回望着身后那群贼鸥，想了一会儿，又坐下，把钓竿放入冰洞。大约两分钟后，一条鱼上钩了。富春把鱼钓出来，放在冰面上，鱼跳了几下就死了。富春望着贼鸥，贼鸥鼓噪起来，但没有一个敢上前抢鱼。

富春想了想，拔出那把瑞士军刀，在冰面上挖了一个挺深的坑，把鱼埋在里面，又用雪把坑盖实了。

贼鸥的嗅觉极其灵敏，雪坑里埋着的鱼刺激着它们。富春慢慢脱下冲锋衣，离开雪坑一些距离，背对着贼鸥。

起风了，脱下冲锋衣的富春感到一丝寒冷。他哆嗦了一下，继续背对着雪坑，手上拿着冲锋衣，呆立着。

终于一只大胆的贼鸥走近雪坑，用喙戳了戳盖住鱼的冰雪。

富春静静听着，没有动。

又有几只贼鸥慢慢靠近雪坑，试图把被埋的鱼叼出来。

它们警惕地望着背对它们的富春，只见他一动不动地盯着远方。贼鸥们渐渐大胆起来，还好雪坑挖得够深，否则鱼已经被贼鸥翻出来了。

正当贼鸥们试图从雪坑中把鱼叼出来时，富春猛一转身，展开冲锋衣，整个人向雪坑扑去。贼鸥们立刻惊叫四散，终于有一只被扑住了。富春用冲锋衣紧紧裹住它，兴奋得双手颤抖，但仍死死按住冲锋衣，任凭衣服下的贼鸥疯狂鸣叫扑腾。余下的贼鸥看到这一幕吓坏了，纷纷飞远。

被裹住的贼鸥爆发出惊人的力量，狂怒地鸣叫着，拼命地扑腾。富春慌了，试了几次，始终无法用冲锋衣整个兜住贼鸥将它提起来。贼鸥用更大的力气扑腾起来，锋利的喙隔着衣服到处乱啄。富春死死抱着这只贼鸥，整个人压在冲锋衣上。他听到冲锋衣下发出一声哀鸣，扑腾的力气小了下来。他不敢有半分懈怠，用更大的力气死死压住这只贼鸥。

风更大了，天转眼就变。漫天风雪中，富春维持着一开始的姿势，死死压住这只贼鸥。又过了大约几分钟，冲锋衣下的贼鸥渐渐不动了，富春小心翼翼地爬起身，隔着冲锋衣找到了贼鸥的脑袋，将它提了起来。然后他双手用力，隔着冲锋衣咔嚓一声，扭断了贼鸥的脖子。

富春把贼鸥扔在地上，抖了抖衣服，迅速穿上，然后将这只贼鸥也塞进登山包。风越来越大，富春走了几步，转过身，走到雪坑边，挖出那条做诱饵的鱼，放入登山包。他眯着眼睛辨认了一会儿，朝着来时的方向走去。

天地间全是风的怒号，富春却满心欢喜。他想起小时候看过一部动画片叫《老狼请客》，于是他独自走在漫天大雪中，像动画片里的老狼那样，引吭高歌起来——

"今天好运气，捉住了贼鸥。捉住了贼鸥！快去快去找如意，一起吃贼鸥！贼鸥贼鸥鲜又美，管保她满意！哈，哈哈，哈哈！管保她满意！快步，快步朝前走，嘴馋心又急！哈，哈哈，哈哈！嘴馋，心又急！"

风歌雪舞的天地间，他活蹦乱跳地走着。

白晃晃的雪地刺得他几乎睁不开眼，他没在意，揉了揉眼睛，继续向前走去。

如意在床上躺着，不时掀开被子，盯着自己绑着几片木板的断腿。她试图撑起上半身，一阵剧痛迫使她停下了。她痛苦地呻吟了一会儿，擦去额头的冷汗。她身边是一张长凳，临走前，富春将水、书、午饭等物件放在上面，以保证她伸手可及。她看不到窗外太阳的轨迹，只能凭推测估计过去的时间。

风在窗外呼啸，她独自躺在这个世界尽头的小屋里，动都不能动。她凝望着挂历上的观音像，合起双掌，闭上眼睛静静祈祷道："大慈大悲的观世音菩萨，给我们一条生路吧。"

富春走在冰原上，昨晚下过一场大雪，有些地方雪没过了膝盖。他的登山包很重，当他经过一大片没膝深的雪地时，每一次拔腿迈步，都是对体力的莫大考验。为了省力气，他放下登山包，拉长背带，缠在手上，拖着登山包在雪地上走。毫无预兆地，他的脚下发出一声轻微的咔嚓声，然后整个人掉了下去。

富春在光线暗淡的冰缝里挂着，发出一声惊恐大叫，声音在脚下回荡。他的登山包救了他，登山包卡在被雪掩盖的冰裂缝上，没随着富春一起掉下去。

富春不知道这个冰裂缝有多深，他慌张四顾，周围竟是一片闪耀着蓝色光芒的冰下世界。他挣扎了几次，试图拽着登山包的背带爬上冰面，但是都失败了。连续的用力挣扎，使得卡在冰缝里的登山包出现了松动的迹象。富春定下心神，望向脚下。好在这条冰裂缝并不深，只有大约五米。富春想起如意曾经警告过他，南极陆地上的冰裂缝有的深达上百米，表面被雪盖住了，根本看不出来，但如果踏到掉下去则必死无疑。

这是一条不深的冰裂缝，富春庆幸自己的运气。喘了会儿气，他试图把手从缠着的背带上解下，来个大鹏展翅的软着陆，但是计划没有变化快，只听头顶咔嚓一声，登山包从冰裂缝中滑出，连着他一起掉了下去。富春重重摔在脚下的冰地上，装着钓具的沉重登山包砸在他头上，他当场晕了过去。

如意开始感到恐惧，她饿了。

午饭在很早前就吃了，那是富春放在保暖壶里的一点粥。她喝完粥强迫自己睡了一觉，醒来后觉得已经过了很久，可是富春没有回来。

窗外依旧是白昼，这使得她无法判断时间过去了多久。她独自躺在床上，开始担心富春。窗外的风雪让她备感孤独，她想到富春如果在外面遇难了，自己只能一个人在这儿等死。想到这种缓慢的死亡过程将是多么孤独，她不禁打了个冷战。

她双手合十，再次轻轻祈祷道："大慈大悲观世音菩萨，让富春平安回来吧。"

富春慢慢醒过来，他翻过身，推开压在身上的沉重登山包，那只死去的贼鸥掉在外面，死不瞑目地瞪着他。富春坐起身，打量四周，他身处一个由复杂冰隙构成的地下迷宫中。他哆哆嗦嗦把贼鸥塞回包里，站起身，抬头望去。冰裂缝凌空悬在头顶，大约五米多高，周围没有任何可以攀爬的地方。

富春站起身向前走去，边走边张着嘴，目瞪口呆地看着这片南极地下的隐秘之处，四面八方伸出许多巨大冰晶，反射出如梦如幻的深蓝色光芒。

他走了一会儿发现自己迷路了，复杂的冰隙迷宫中安静得让人发疯。富春摘了一小段冰晶，放在嘴里嚼着。他想起如意告诉过他，南极海里的寒水鱼都长得很慢，一年只能长一厘米。他估计包里的鱼至少都十几岁了。他又想起包里的贼鸥，也许自从有生命开始，这里的生物就超越了人类世界的法则。

他害怕了，然后他敬畏了。

他放下登山包，扑通一声跪在登山包前，合起双掌朝着登山包拜了拜。

"哥几个，我得活下去，那女人也得活下去，吃了你们真是不好意思，你们的冤魂就散了吧，我在这里谢谢你们，回去给你们立个像，兄弟我说到做到，天天给你们烧香。"

富春又朝着包拜了拜，脑海中浮现出一个并列着贼鸥和大头鱼的神龛，龛前青烟袅袅。

他站起身，拖着登山包继续向前走去。

深蓝色的光芒弥漫在地下的冰隙迷宫中，富春喘着粗气走着，转了几圈又回到了原地。他坐下，发疯似的狂叫了一声，迷宫深处传来他号叫的回声。

他摸出雪茄，咬开屁股，用防风打火机烧红了一头，深深抽了一口。蓝色冰晶前，青烟袅袅上升起来。

兜里还剩五根。

他叼着雪茄,站起身,在冰晶中来回逡巡着,匕视着面前的一根根蓝色冰晶。

"我是不是对你们太好了?"他夹着雪茄,仰起头训话。

蓝色的冰晶们沉默着。

"是不是?!"富春吼。

冰晶们继续沉默。

富春悠然吐出个浓浓的烟圈。

他来到一根斜长的冰晶前,拍了拍它道:"小李,你让市场部迅速拟一个逃生方案出来。嗯,我现在就要——为什么逃?怎么逃?往哪儿逃?方案要具体,可行。"

小李冰晶继续斜着。

他走到一根挂着的冰晶前,冲它喷了一口烟,道:"小王,你们行政部是不是得配合一下啊?叫点外卖,让那个卖馄饨的多放点香菜。"

小王冰晶继续挂着。

他走到一根横着的冰晶前,道:"老赵,销售部上个月的数据我很不满意,不要跟我提困难!结婚登记处每天都排队,为什么我们公司门口没人排队?"

老赵冰晶继续横着。

富春发泄完,耷拉着脑袋坐了一会儿,抽完雪茄,拖起登山包,继续往前走去。

如意又睡了一觉,醒过来时她确信富春出事了。她慢慢撑起上半身，靠在枕头上。她拿起保温瓶，里面已经没粥了；拿起杯子，里面已经没水了。她望着不远处的食品货架，无可奈何，抄起保温瓶朝门口摔去，啪一声响，不锈钢的保温瓶骨碌碌滚在地上。

如意拿起那只玻璃杯，凝视着。

富春走在这座蜿蜒曲折的地下迷宫里，他累坏了，极度的疲劳成为压垮他的最后一根稻草。他松开登山包，瘫倒在地。他饿了，犹豫了一会儿，从包里拿出一条鱼，用瑞士军刀刮掉鱼鳞，剖开鱼肚子，拿出内脏，从地上抓了一团雪把鱼里外擦干净了，然后把鱼剁成一片片生鱼片，放进嘴里嚼了起来。

他吃了几片，干呕了一下，忍住了，又吃了几片。吃完后他爬起来，继续向前走去，转过一根巨大的冰晶，发现自己又回到了一开始掉下来的地方。他绝望地抬起头，望着头顶上的冰裂缝——只有这一个出口。

他从登山包上解下冰镐，开始挖旁边地上的雪，现在，除了堆起一个垫脚的雪堆爬出去，没有任何别的办法。他累坏了，喘着粗气。他抡起冰镐，砍断几根大冰晶垫在地上，一场筋疲力尽的工程开始了。

小站里的风球吱嘎吱嘎转着。

冰原上的狂风暴雪持续着，那条冰裂缝正渐渐被暴雪重新埋住。

小屋里如意沉沉睡着，温度计显示小屋里只有五度。如意颤抖着，嘴唇发白，紧紧裹住被子。

太阳慢慢游走在地平线上。

四小时过去了，富春终于垫起了一个两米多高的雪堆。他接近虚脱，坐在地上，喘着粗气。他望向地上那一堆吃剩的鱼骨，刨了点雪给埋了，堆起一个小坟头。他咬咬牙站起来，摇摇欲坠地背上沉重的登山包，爬上雪堆，抬起头。

他忽然想起很多年前，有一次在当年那个简陋的会议室里，财务告诉他这个月的工资发不出来了，他也是这般心情。

"吴总，怎么办？"财务问。

他抬起头，望着玻璃门外黑压压的一群人影，正如此刻他仰望着一米开外的那条冰裂缝。他抡了抡手上的冰镐，暴喝一声，向上纵身一跃。

疾风劲雪中，有一双手猛地从大地里冒了出来！

这情景很像电影里僵尸从坟墓里爬出来那样，在洁白的世界里，带点黑色幽默。接着一颗表情狰狞的头颅冒了出来。

富春右手猛一抡，冰镐扎扎实实地扎在地上，风吹得他睁不开眼，他像野兽一样喘着气，拽着冰镐，从地里爬了出来。

如意捋了捋头发，她的一头长发很久没洗了，全都缠在了一起。她放下那只玻璃杯，用被子的一角裹住，然后朝杯子砸了一拳。这个用力的动作牵动了伤腿，她痛苦地呻吟了一声。她掀开被子，从玻璃碎片中挑了一片最大的。阳光照射在玻璃片的刃口上，反射出一道寒光，如意盯着它。

富春拖着沉重的登山包走在路上，他太累了，走得摇摇晃晃。又走了几步，他往前扑倒了。风渐渐大起来，不一会儿他的身上就覆盖了一层雪花。他的脸埋在冰雪里，睫毛微微颤抖着。他静静趴在那里，好像已经死了。

如意合上那本《泰戈尔诗集》，端正地放在枕边。她吐了口唾沫在手掌心里，抹了抹自己蓬草一样的头发，面无表情地把头发用手指捋顺，披在肩膀后面。她强忍着疼痛又坐直一些，把被子盖好。

风吹着富春的乱发，他猛地醒了过来，把脸从冰雪中抬起来。他慢慢活动了一下被冻僵的四肢，踉跄地站起身，拖起登山包，继续往回走去。他独自走着，像头受伤的野狼，低着头，喘着气，恨着世界。

如意伸出左手手腕，右手高高举起玻璃片。她闭上眼，微微颤抖着，心想只要往下猛一划，一切就结束了。

富春终于走进了小站，踉跄一下又倒在地上。他想闭上眼睡一会儿，一片雪花融化在他脸上，他抽搐了一下又醒了。他直接爬到发电机旁，打开了发电机。

如意准备用力挥下玻璃片时，窗外传出了发电机的嗡嗡声。

如意怔在那里，缓缓睁开眼。

门被富春哐一声推开，他拖着登山包，踉跄地走进屋里。

他看到如意右手正高举着玻璃片对准左手手腕。

富春喘着粗气，布满血丝的眼睛瞪着如意。

他哐一声踹向门，把门给关了。

如意举着玻璃片，颤抖了一下。

富春开始脱靴子，脱完靴子脱冲锋衣裤，小屋里渐渐变得暖和起来。他狂怒地脱着衣服，最后脱得只剩棉毛衫裤时，他抓起一张椅子对准桌子狠狠砸下，椅子应声而碎。

"你怎么没死？！"如意歇斯底里叫道。

富春走过来，用力从如意手上夺那玻璃片，如意不放手。玻璃割破了她的手，血从指缝中滴下来。

富春抽了她一个大嘴巴子。

如意坚持不放手，富春又抽了她一个嘴巴子。

玻璃片也割破了富春的手，俩人的血融在一起滴在如意的被子上。如意放开玻璃片，还了富春一嘴巴子。

富春扔掉玻璃片，又抽了如意一个大嘴巴子。

双方都住了手，俩人的手都被玻璃片割破了，抽得对方脸上都是血。

"你怎么没死？"富春问。

小屋里渐渐温暖起来，如意道："因为你不让我死。"

富春退后一步，坐在长凳上。他昂着头，乜视着如意，淡淡道："因为你不让我死。"

俩人气喘吁吁，沉默地对峙着。

富春先移开了目光，他看了看表，发现从离开到现在，已经过了将近四十个小时。

如意用手抹脸上的血，抹成一个大花脸。

富春拿起那件汗衫，走近如意，为她擦脸，道："我说过，我会回来的。"

如意怆然泪下，问："你让我怎么相信你？"

富春从汗衫上撕下一条布，为如意包扎手上的伤口，道："在南极，你得学会相信那些你无法相信的事。"

富春起身打开登山包，从里面拿出鱼和贼鸥，道："明天休息一天,咱好好吃一顿,现在我必须睡一觉,我快累死了。"

如意道:"你累死前能帮我倒杯水吗?我快渴死了。"

富春拿了一听午餐肉罐头,又倒了一杯水给如意。

这时俩人的肚子同时咕噜噜叫起来,俩人都想憋住,但那剧烈的肠胃蠕动无法靠人的意志阻止。

两个满脸血污的人抬起头对视着,实在忍不住,一齐笑起来。

富春边笑边爬上床,重重躺下,笑声直接变成呼噜声,没有丝毫过渡。

窗外的暴风雪不知何时停了,天空中布满了下降风形成的壮美云带。

如意望着窗外。

这片大陆太过壮美,所以那些悲欢在它面前都黯然失色。

这片大陆太过冷酷,所以那些生死在它面前都不值一提。

第二天。

富春睡醒后剖了两条鱼,剁了半只贼鸥,余下的放在桶里,拿冰雪盖上,放在苹果屋里。这是兴高采烈的一天,富春破例没有关发电机,俩人望眼欲穿地守着锅里红烧的贼鸥和大头鱼。富春咬牙多放了些酱油,如意坐在床上抽着鼻子叫香。

前两次远行严重消耗了富春的体力,今天他决定休假一天。

贼鸥在锅里煮着,俩人有一搭没一搭地聊着。富春眼睛不停流泪,结膜有些充血。他没太在意,一脸幸福地等着开饭。

"你男朋友干什么的?"富春问。

"他是……搞生物研究的,博士后。"如意答。

"博什么?"

"博……生物基因。"

"你男朋友搞转基因吗?吃了转基因的东西,会得癌吗?"

如意无言以对。

"他长什么样?"

"高高的,瘦瘦的,戴一副金丝边眼镜,特别斯文,天天读泰戈尔的诗给我听,从来不说脏话,衬衫上没有皱纹,身上总有股好闻的香味。"

富春下意识地捋了捋自己茅草似的头发,伸手摸了摸脖子后面,偷偷闻了一下。

"香男人?还会读诗给你听?大爷的……这是个高富帅?"富春问。

"不,是个高穷帅。"如意傲气地仰着脸答。

"你们准备结婚吗?"富春问。

"结婚?哦,是的,我们准备结婚。"如意脸红了。

富春眯起眼,盯着如意看了一会儿,问:"你们买房子了吗?"

"为什么一定要有房子才能结婚?你不觉得这样的爱情非常苟且吗?"

富春问:"枸杞?我在跟你说房子。和枸杞有什么关系?"

如意冷笑一声道:"可以租嘛!"

"高穷帅同志也有如此洒脱的想法吗?"富春拖过凳子坐下,跷起二郎腿问。

"是啊。他比我洒脱多了,他说只要租一个小屋子就够了,一间温馨的小屋,刷成淡蓝色,只有两张书桌,他一张,我一张,别的地方都堆满了书。"如意比画。

"床放哪儿?"富春问。

"床……床……"如意结巴。

富春凑近如意,盯着她看了一会儿,道:"你根本没男朋友。"

如意脸涨得通红,憋了半天,怒道:"你怎么那么讨厌呢?!"

富春起身,揭开锅用筷子捅了捅煮着的贼鸥,没理她。

"我喜欢晋朝,那时候有谁会在意竹林七君子是不是有钱呢?那时候一个人的社会地位是由他的才情决定的。像你,最多算是个贾——吕不韦怎么样?富可敌国才高八斗,可一辈子最恨的就是别人提他是商贾出身。"

"鼓?怎么又说到鼓了?一会儿枸杞一会儿鼓的。"

"你个俗人,和你说话怎么就这么累呢?"

"我不俗。"

"你俗。你他妈特别俗。你什么星座的?"如意终于忍不住说了句脏话。

"金牛座。"

"怪不得,俗且倔。"

"非得租个房子吃枸杞打鼓看姓泰的诗戴副金丝边眼镜就不俗了?我觉得你幻想中的高穷帅同志特别俗!俗且二。"富春回嘴。

"你个矮富丑!你也配说他!"如意拍床板。

富春怒道:"你是不是欧罗拉看多了看得脑子出毛病了?你以为生活是童话故事啊?还幻想出个高穷帅,大爷的,老子是干什么的？干婚庆的！见过的鸳鸯比这里的贼鸥还多,跟我玩？！"

如意气得脸通红,胸口起伏地坐在床上。

富春端起锅,观察了一下汤汁烧干的程度,用勺子舀起一点汤汁尝了一口,点点头盖上锅盖,让它继续烧。

他走到如意床前,缓缓坐上床沿,盯着如意。如意紧张起来,问:"你干吗?"

富春问:"你说,如果真有一个高穷帅,他和你一起掉在南极这个鬼地方,他能找到这儿,把你救出去吗?"

如意怒道:"你怎么知道他不行?!"

富春严肃道:"我觉得他行,他念一首老泰的诗,你的腿就好了。他的白衬衫就算从四千米高空摔下来,也一定不会有皱纹的。还有,他可以和大头鱼讲道理,鱼就自己跳上来了。"

如意道:"你别气我……"

富春道:"还有,他带着你翻过六座山,几天不洗澡,香汗淋漓,味道好闻得很。"

如意哆嗦着冲着富春吼了一声:"你别气我!"

富春起身去关火,道:"你以为我真听不懂什么枸杞什么鼓啊?逗你玩呢。如果我生在一个好人家,我也能读好书你信不信,老子福利院里长大的,爹妈是谁都不知道,十岁起就没掉过一滴泪,老子全靠自己。"

如意哼了一声。

富春道:"我这个俗人并不苟且,我只是非常现实。我不太相信那些看上去太美好的东西,婚礼上发过的誓有几对夫妻能做到?

结婚的时候妆都化到最漂亮，离婚的时候才是真面目。"

如意问："你不是'天长地久'的老板吗？"

富春道："所以婚姻对于我来说，只是一桩生意。在你眼里洁白的婚纱鲜红的玫瑰好像都有含义，对我来说那他妈就是一些道具而已。有什么呀？走走过场，如此而已。我不相信那些东西，老子一人吃饱全家不愁。"

富春拿了个碗，把红烧贼鸥捞了出来，欢喜道："开饭了！"

如意咽着口水道："拿过来啊！"

富春端着碗踌躇道："哎呀，这也没个刀叉，也没点蜡烛，手抓着吃多俗啊。这要是被高穷帅同志看到，必然遭到鄙视啊。"

如意被气笑了，学着富春的口吻道："你大爷的，少废话，给老子端过来！"

窗外的风雪一直在下，温暖的小屋里传出俩人的笑声。

吃饱后富春爬上床，俩人一上一下躺着。他俩吃得满手油腻，满脸通红，身上汗津津的，手都摸着肚子，一脸幸福。

上面拍了拍床板。

"明天我往东走。"

沉默了一会儿，下面道："富春，我想洗个澡。"

上面道："过些日子，等你骨头长起来些再说。我说你把头发剪了吧，省得难受。"

CHAPTER

8

天气晴朗。

富春抬腕看表,从早上出门到现在,已经过了六个小时。他用手搭了个凉棚远眺,发现了远处的冰山。有冰山就意味着那里是大海,白色的光从雪地上反射过来,刺入他的眼睛,他停下脚步。

正如如意所说,他们是坠落在一个半岛外的海冰上,这个半岛东、西、北三面环海,只有南方连接着大陆。极光站毫无疑问是在南方。

富春坐下,从保暖壶里倒出一盖子热粥喝了。

"富春,你觉得如意这人怎么样?"广袤大地上就他一个人,他闷得慌,就自言自语起来。

"博士级处女,脱离社会很久了。"

"要不回去后带着她见识见识咱人间?"

"等我回到人间再说吧。".

"富春,你觉得她漂亮吗?你仔细看,那胸,那屁股……"

"老子对她没兴趣,找到救援,各走各的。"

富春歇了一会儿,起身往回走。白晃晃的雪原不断刺激着他红肿的眼睛,视力变得模糊起来。他停下脚步,弯腰从地上捡起两团雪,闭上眼,按在眼皮上。一丝冰凉沁入灼热的眼窝,富春舒了口气。

他慢慢睁开眼,忽然感觉一丝强光撕开眼球,劈入深处。

他痛得倒抽一口冷气,赶紧闭上了。

闭着眼,他无助地站在无边无际的雪原上,过了好一会儿才缓过神来。他感到一种不祥,加快脚步跑起来,眼前的一切慢慢变得模糊。他眯起眼睛,努力辨认方向,像一只掉队的企鹅,独行在无边的雪原上。

如意试着坐起身子,疼痛感明显减轻了。她掀开被子,仔细观察着自己的腿。然后她在床头上又刻了一笔,第二个"正"字成形了。从他俩来到这个无人小站算起,已经十天了。

她试着挪动一下身子,感觉没以前疼了。她拿过床边长凳上装水的空铁皮罐头,喝了一口水。她翻开《泰戈尔诗集》,又放下了,转头担心地望着窗外。窗外起风了,又一场暴风雪开始了。

一块外墙的铁皮被风拗断了,啪一声巨响打在窗玻璃上,如意吓了一跳。

富春知道坏事了,他眯着眼,在漫天的风雪里孤独地走着。

他惶恐地趴在地上,来时的脚印在惊人的风和雪中迅速消失了。他抬起头望着远处用来辨别方向的那座山,山渐渐模糊在一片可怕的白色中。

"富春，那个什么斯科特也这么倒霉是吧？"他跋涉着问。

"没错，也这么倒霉。但如意说那是伟大的情怀。"他气喘吁吁地答。

"他那是找死，我这是没辙。"他弯腰顶着风。

"你不懂，你太庸俗，无法理解那种他妈的伟大的情怀！"他拉紧拉链。

富春上气不接下气地走着。风越来越大，渐渐达到了伸手不见五指的地步。

他冷得哆嗦起来，很久没刮的胡子上挂着一圈冰碴子。被南极强烈的紫外线晒伤的脸上，刻着一道道被南极风吹出来的皱纹。他累极了，但是不能停下。他趴在地上，像猎狗闻着气味那样，努力辨别着来时留下的脚印，往回爬去。

风越来越大，富春一路爬着，凑近地面辨认着，直到最后一丝脚印消失。

他站起身，周围的一切变得越来越模糊，他使劲揉眼睛，然后眯着眼继续向前走。

"富春，别慌别慌，冷静冷静。"他自言自语道。

他坐在地上，从包里拿出保温瓶，把剩下的粥都倒在盖子里，一口气喝了，然后重新站起来往前走去。

"富春！"他咆哮了一声，"你他妈不能死！你死了她也活不了几天！"他吼自己。

"可是我看不清了。"他绝望道。

风雪中他玩命走着，有些地方积雪埋到齐腰深，他拔出腿，拼尽全力继续向前走。

他抬起手腕,凑近看表。

房间里越来越冷,如意哆嗦了一下,裹紧身上的被子。

她喝光罐头里的水,看着罐头笑了笑。自从上次割脉后,富春把她身边所有的玻璃器皿都收了。她慢慢折转罐头盒,借着铁皮罐头的底,当作镜子照了一下。

然后她用被子擦了擦罐头的底,对着罐底捋了捋散乱的长发,抿了抿干裂的嘴唇。她放下罐头,拿起枕边的《泰戈尔诗集》,轻轻念了起来——

我跋涉的时间是漫长的,跋涉的道路也是漫长的。

我出门坐上第一道晨光的车子,奔驰于大千世界的茫茫旷野里,在许多恒星和行星上留下了我的踪迹。

到达离你自己最近的地方,路途最为遥远;达到音调单纯朴素的极境,经过的训练最为复杂艰巨。

旅人叩过了每一扇陌生人的门,才来到他自己的家门口;人要踏遍外边儿的大千世界,临了才到达藏得最深的圣殿。

我的眼睛找遍了四面八方,才合上眼睛,说道:"原来你在这儿!"

这问题和这呼喊,"啊,在哪儿呢?"融成了千条泪水的川流,然后才和"我在这儿!"这保证的洪流,一同泛滥于全世界。

亿万年来,第一次有人在此处吟诵诗歌。吟诵声萦绕在小屋里,和着窗外的风声,如一线柔弱抛入天际,又如一抹透明坠落九天。

富春狼狈不堪地滚下山坡，他努力睁开眼，又眯上眼，辨认着前方。

他摇摇晃晃地爬起身，在他最后的视野里，小站就在前方，它隐隐约约地伫立在风雪中，然后慢慢消失了，取而代之的是一片无边无际的白色。

他瞎了。

眼前一片白色，只听见自己的心跳声，和鞋子踩在雪地上的咔咔声。

他惶恐地伸出手，指向最后残影的方向。

"富春，别怕，别怕，就朝着那儿走。"他颤抖道。

"好，好……别转方向，千万别，就笔直走，它在那儿。"他恐惧道。

他彻底瞎了，眼前除了一片白色什么都没有。他吓得灵魂出窍，累得咬牙切齿。他伸着双臂向前，向着小站笔直走去，那样子很像电影里的僵尸。

他就这样走了很长一段路，然后停下了。他茫然地站在原地，孤独得想哭，绝望得想死。他又往前走了几步，然后他怀疑了，又停下来。他估计离小站不远，但不知道还有多远。

"如意……"他颤抖着喊了一声。

如意低着头坐在床上。

"如意！"他用尽所有的力气狂吼了一声。

如意抬起头。幸亏今天早上，如意让富春把窗户开了一条缝，好让屋里难闻的气味散一散。

"如意！"他扑通一声跪在地上，像头走投无路的孤狼般咆哮着。

如意望向窗外。

"富春……"她喃喃道。瞳孔在收缩，力量在积聚。"富春！"她喊了一声。

富春浑身颤抖了一下，他隐约听到了如意的呼喊。在这片寂静的大陆，声音能传得很远。

"如意！！！"他吼。

"富春！！！"她答。

他咧开嘴，疯狂地笑了起来，他睁着被紫外线灼伤结膜、充血红肿的双眼，指着天道："老子就不死！老子不认输！"

如意焦急地躺在床上，她用力拍着床板，喊："富春！你在哪？！"

富春冷静下来，他吼道："我看不到了！你喊我，我朝着你的声音走！"

"富春！"

富春抬起头，他分辨着声音的方向。

"富春！！"

富春手脚并用向前爬去。

"富春！！！"

富春就这么循着如意的声音爬进了小站，他站起身，伸出双手在身前，探着路。

如意从窗口看见了富春，看见了他伸直双臂边走边摸的可怜样子。

她的泪再也抑制不住，带着哭腔大声问他："富春！你怎么了？"

"我看不到了！"他吼。

"往右，再往右一些。"她叫。

富春摸到了小屋的窗户，他长长舒了一口气，抬起头道："如意，别哭！我回来了！"

如意震惊地看着眼前的这个男人，他睁着血红的双眼，狰狞的脸被南极的风吹出刀割般的皱纹。他的乱发在狂风中飘舞，像是一个鬼怪隔着玻璃望着自己。

"你往右摸，那里是门！"她鼓励他。

他睁着眼，望着他望不到的如意，然后没心没肺地咧开嘴笑了。

如意狠狠抹掉眼泪。

过了一会儿，门开了，一股凛冽的寒风带着他的气息回到屋里。他关上门，站在那里，消瘦的身体站得像一座铁塔。

她抹去泪水，第一次想下床。

"不！"他感知到了什么，"你别动。一动刚刚长起来的骨头会断开，咱就前功尽弃了。"

如意无声地落泪，她抹去，泪水又淌下来，她再抹去，泪水不依不饶地涌出来。

"你过来。"她道。

富春朝着声音的方向摸去，然后碰到了床板。他俯下身，和如意拥抱在一起。

她一遍遍抹掉眼泪，他轻声安慰着，轻轻拍着她的背。

那天富春在如意的口令指导下，从货架上拿了应急时才舍得吃的罐头，俩人分着吃了。他闭着眼，脱了外衣爬上了床。

安静了一会儿,他拍了拍床板。

"能好吗?"上面问。

"能好,雪盲症是你的视网膜受到强光刺激引起的,是暂时的,雪地对日光的反射率很高,可达到将近 95%,你每天直视雪地等于是一直看着太阳。"下面答。

"那得休息多久?"

"得让眼睛休息两三天。"

"这两三天怎么办?你又不能下地。"上面问。

"我做你的眼睛,你做我的手脚。"下面答。

安静了一会儿,上面又拍了拍床板。

"怎么了?"下面问。

"真能好吗?"上面问。

"能好!"下面肯定道。

"忘了开发电机了,好冷。"上面道。

"没事,咱们扛一扛。现在是南极夏季,冻不死。"下面道。

"你每天就在这么冷的屋里等我。"

"我挺好的,躺在床上,你在外面走,比我苦。"

上面沉默了一会儿,道:"不,你比我苦。换了我,就这么躺在床上,一动不能动,我五分钟都受不了。"

下面不说话了。

"你猜得没错,东面是大海,这里三面环海,只有南方是大陆。"上面道。

"这大大增加了我们找到极光站的可能性。"下面道。

"可即便是只剩一个方向,也有无数个不同的方位。"上面道。

"真能找到极光站吗?"下面问。

"悟空,此去南天取经,路途遥远,艰险重重啊……"上面模仿电视剧里的台词道。

下面笑了,道:"八戒,为师饿了,你再去化些斋饭来吧。"

上面换成猪八戒的口气道:"师父,这荒郊野外的,也没个打尖的地方,我去钓些大头鱼来吧?"

下面道:"罪过……罪过……八戒,你要钓,就多钓几条吧,红烧、清炖、咖喱味都行。"

上下一起笑起来。

"这两天我有个病好了!"下面道。

"什么病?"

"忧郁症。"

"忧郁也算病?"

"算病,得吃药。否则茶饭不思。"

"药呢?"

"药掉进海里了。"

"那你胃口为什么还这么大?你忧郁啊,你茶饭不思啊,我谢谢你。"

"每天饿得不行,痛得要命,实在是顾不上忧郁了。"

上下又一起笑了起来。

接着上面传来了呼噜声。如意望着头顶的床板,伸出手,轻轻摸了摸。窗帘没拉上,窗外强烈的光线洒进屋里,世界安静得难以形容。

呼噜声变得惊天动地起来。突然,上面翻了个身道:"如意……"

如意缩回了手,问:"什么?"

上面继续打着呼噜,是句梦话。

富春睡到第二天中午才醒过来,接着在如意的语音指挥下开始摸摸索索地干活。他摸到过期大米,找到了锅,出门摸着墙走,开了发电机,在门口舀了积雪,烧了水,煮了粥。

俩人稀里呼噜地喝着粥,如意执意要加点午餐肉,富春没答应。窗外一场巨大的暴风雪正在肆虐。

吃完饭,富春坐在窗前的长凳上,如意躺在床上。

"我有个想法。"富春道。

"说。"

"趁着我瞎了,我可以帮你洗个澡。"

如意没有回答,她的脸变得通红,但这件事对她的诱惑太大了。

"富春,你过来。"如意道。

富春站起身,循着声音的方向走到如意跟前。

"睁开眼。"

富春睁开血红的双眼。

如意猛的一拳打到富春面前,富春毫无察觉。

如意想了想,拿过丝巾轻轻绑在他眼睛上。

"怎么洗?"她问。

"我出去多舀点雪,烧一大锅热水,然后用汗衫擦洗。"

"在床上?被子湿了怎么办?"

"我把你抱出来,坐在长凳上洗。"

如意脸红了,犹豫了一会儿道:"顺便把头发一起剪了吧。"

富春眼睛上绑着丝巾站在那儿,点了点头。

小屋里慢慢恢复了温暖,温度计显示现在有二十多度了。富春打开天然气灶,化了一大锅雪水。

他试了试,温度正好。然后他摸索着移开了桌子,将两条长凳拼在一起,再非常小心地把如意轻轻抱下床,放在长凳上。如意半躺在拼起来的长凳上,犹豫了一下,脱去了上衣。因为腿伤,她必须用一只手撑着才能坐起来。虽然富春什么也看不见,她还是用另一只手捂着胸口,脸红得不行。

接下来富春递给如意打湿热水的汗衫,如意犹豫了一会儿,放开捂住胸口的手,接过滴水的汗衫,轻轻擦洗起来。

俩人都没有说话,富春脸上绑着丝巾,接过擦洗完的汗衫,绞干脏水,再放进锅里重新打湿,递给如意继续擦洗。

擦洗了一会儿,如意道:"帮我擦一下背吧,我腿痛,手实在够不到。"

富春右手接过汗衫,左手哆哆嗦嗦地摸到了如意的裸背,两人都颤抖了一下。然后富春轻轻在如意背上擦洗起来。

南极纯净的水珠滚落在青春的肌肤上。

富春擦洗完后,走到锅边,绞干汗衫,把汗衫放进不多的干净水里。

他让汗衫吸饱了水,然后走到如意身后,把汗衫举过如意的头顶,慢慢绞起来。南极梦幻的天光照耀着洒落的水珠,每一颗水珠都如钻石般晶莹剔透，顺着如意的长发一路滑下，摔裂在地，碎成光芒。

如意一只手撑着自己的身体，另一只手顺着水流搓揉着自己的长发。

富春绞出的水打湿了她的脸，分不清是泪水还是雪水，如意轻轻闭上眼，最后一次捋着自己多年来引以为傲的一头长发。

"你的刀呢？"

富春绞干最后一滴水，擦干如意的头发。然后他摸到冲锋衣，从兜里掏出了瑞士军刀。

如意双手拢起长发，归成一束，捏紧根部，对富春道："剪吧！"

富春摸到如意的手，继而摸到长发归成一束的根部，拿起刀犹豫了。

"你怎么了？"如意问。

"老子忧郁了。"富春答。

"忧郁是病，得吃药。"如意道。

"药掉进海里了。"富春道。

小屋里洒满了梦幻般的阳光。

"动手！"如意道。

富春用力一刀，割断了这一大束长发。

割下来的整束头发被交到如意手里。她颤抖了一下，手松开，长发散落在地。

如意举起喝水的罐头盒，用光亮的底部照自己，短发的她焕然一新，豁然开朗起来，如意笑了。

从这一刻起,她成了一个全新的她,短发,精神,眉宇宽阔,还是个瘸子,但是她渐渐拥有了一颗强大的内心。

那张绑着丝巾、两眼血红、表情狰狞的脸给了她力量。

"怎么样?"富春站在她身后问。

"特别好。"她答。

"你别骗我,这南极小屋里要是和一个丑八怪住一起,那真是难受极了。"

"可惜你个瞎子看不到我现在的漂亮。"

富春哈哈道:"哑巴告诉聋子说瞎子看到了。"

如意淡淡道:"你这是客串的瞎子,我才是专业的瘸子。"

富春把如意抱回床,如意穿上衣服,盖上被子。

富春走到锅前,摇了摇,里面还剩一些水。

"我也想擦擦。"他傻乎乎站在那儿,可怜巴巴地说。

"你擦啊。"

"你不许偷看我。"

"我就看!"

富春想了想,背对着如意,脱了棉毛衫裤,只剩一条裤衩。

"你闭上眼。"他脸上绑着丝巾,可怜巴巴地站在那儿,显得非常无助。

"哎哟哟,你个俗人还不好意思了,好吧,我闭上了。"如意用手捂住眼。

富春就着剩下的水擦洗起来。

如意张开一条指缝,偷偷看他。他的内裤被打湿了,屁股显了出来。

如意脸红了。

富春扭扭捏捏地擦洗完爬上床,扔下一条湿内裤,俩人都没了声息。

"大爷的。"上面叫。

"怎么了?"下面问。

"我忘了拿棉毛裤了。"上面道。

如意望着不远处耷拉在桌子上的那套棉毛衫裤和扔在地上的内裤,大笑起来。

"没办法,"如意道,"你只能光着屁股爬下来拿裤子了。"

上面沉默了一会儿,怒道:"你刚刚肯定偷看我了!"

"德行!"

窗外的风声越来越大,这场暴风雪已经持续了很久,但是富春和如意都知道,再大的暴风雪总有结束的时候。

俩人呼吸着小屋里变得湿润的空气,两具擦洗干净的身体勃发着生命的气息。

窗外风雪那么大,可他俩微笑着,就像是一起闪耀着的阳光!

CHAPTER

9

、

两天后，富春渐渐恢复了视力。

他扫干净如意的头发，擦干净地上的水渍。之后，他清点了一下剩余的物资，查看了剩余的柴油，变得忧心忡忡起来。

"不知道柴油还能撑多久。"他道。

如意看着他，手放在被子里。

"我们得加紧，一旦短暂的夏季过去，我们没法在这儿活下去。"如意道。

富春站起身，望着窗外。

"拼了，明天出发。"他说。

"可是你没有墨镜，还是会得雪盲症的。"如意道。

"没办法。时间不多了，只能拼一下。"富春道。

"如果冬天到了，我们的冰钻是钻不透厚厚的海冰的，钓不到鱼，那时贼鸥也会离开，柴油也用光了，我们只能慢慢冻死，慢慢饿死。"

如意道。

富春回头望着如意，笑了笑道："算命的说过，我一定会大富大贵子孙满堂地死在一栋豪宅里。"

如意红着脸，低着头道："你过来。"

富春走近如意，如意从被窝里拿出一副黑色的蕾丝胸罩，递给富春。

富春往后退一步道："啊？！"

如意结巴道："你……试试。"

富春彻底短路了。

那天吴富春傻乎乎地坐在床沿，荆如意在他头上绑了一个经过改造的黑色蕾丝胸罩。

两块半圆正好遮住他的双眼，胸罩带子正好可以牢牢绑在他的脑袋上。

富春站起来，走到窗前望去。

"怎么样？"

"那广告怎么说的？胸有多大，舞台就有多大。"富春戴着胸罩回头道。

"那是心……心有多大，舞台就有多大……"如意道。

胸罩上有如意的气息。

富春脱下胸罩，塞进裤兜道："今天还是吃鱼吧。"

如意没忍住，干呕了一下，点点头。

富春走到屋外，拿出如意的黑色蕾丝胸罩，闻了闻，看了看，放进兜里，向苹果屋走去。他打开苹果屋，从桶里挑了几条鱼，剩下的不多了。

他走到小屋外，门口的垃圾桶盖子下压着一缕头发，在风里飘舞着，富春凝望着它。他轻轻打开盖子，从一堆纷乱的长发中拿起一缕，放入自己胸前的口袋里。

他走进小屋，开始烧水煮鱼。俩人有一搭没一搭地说着话。

"明天我想再去钓些鱼，罐头不多了，得留在最关键的时候吃。"富春道。

如意道："冰开始化了，你要小心。"

那天晚上富春打开暖气，拉上窗帘，俩人上下铺睡了。

床板被拍了拍，"太饿了。"上面道。

"我也是。"下面道。

窗外风停了，世界万籁俱寂。先是上面传来一阵肚子叽里咕噜的声音，接着是下面。

"咱放开肚皮吃一顿吧！"上面拍着床板道。

沉默了一会儿。

"行动！"下面道。

富春一骨碌爬起来，爬下小梯子，跑到货架边。

"冲两大杯奶粉再加沙丁鱼罐头怎么样？"他问。

"再煮一罐豆子！多加盐，盐水豆子！"如意拍着床板叫。

"大爷的！豁出去了！"富春拿起米袋子，叫道，"再烧一锅饭！我是认真的！是饭不是粥！"

"饭里拌点酱油！豁出去了！"如意拍床板叫。

这时如意脖子上的吊坠掉了出来，是一枚翡翠雕的弥勒佛。富春跑到如意跟前指着吊坠大叫："弥勒佛！"

"干吗？"如意把吊坠放进衣服里。

富春立刻双手合十，冲如意拜了拜。

"你别吓我。"如意喃喃道。

"算命的说过，我逢难时如见到弥勒佛，就一定要拜。"

如意叹了口气，把吊坠从衣服里又掏了出来，举在半空中。

富春虔诚地朝着弥勒佛拜了拜。

窗边的圣母玛利亚和门边的观音菩萨望着这一幕。

富春趁着煮饭的时候，用锯子锯短了那张被他摔坏的凳子的四条腿，做成一张小床桌，搁在如意的被子上。

他雷厉风行地把俩人刚刚的想象迅速变成了现实，当所有的这些放在小床桌上时，俩人都感觉幸福极了。

富春爬上如意的床，和她面对面坐着，俩人望着那一锅热气腾腾的饭，眼睛里冒着光。

"不过啦？"如意望着放在俩人中间的那锅饭，咽了咽口水，抬起头问。

富春舀了一大勺子饭，塞进嘴里，烫得倒抽冷气，"不过了！"

如意也舀起一大勺子饭塞进嘴里，又迅速夹起一大块沙丁鱼。

那天晚上，俩人坐在一张床上，从一个锅里舀饭吃。

他们喝着奶粉，干杯，酣畅淋漓地大笑大叫"不过了"。俩人把所有东西吃得一点不剩，然后富春把小床桌往地上一搁，爬上上铺，倒头躺下。

"太幸福了。"上面道。

"嗯。"

"这就是传说中家的感觉吗？"上面打了个饱嗝。

"嗯。"下面打了个饱嗝。

"老婆孩子热炕头，还有猪肉炖粉条。"上面感慨。

"精彩！"下面夸赞。

"我买了几处房产，都装修好了，可我还是没个家。"上面叹气。

"我从小奖状无数，十五岁进科大少年班，所有的人都觉得我将来能出人头地。可我已经二十九岁了，还是个副研究员，存款加起来不够在北京买个厕所。我想把父母从老家接过来照顾，可没钱买房子。中国人，天生的，没房子就没安全感，就没有家。"下面叹气。

"所以我缺的是精神,你缺的是物质,但结果一样,咱俩都没家。"

"吴富春同志，你今天越来越精彩了，保持住啊！"

上面拍着肚子快乐地哼哼。

"有时候我也问自己，为什么南极北极地跑，搞得自己既没空谈恋爱，也没钱买房子。后来我想明白了，其实我是害怕这个社会。社会不是学校，生活不是简单到考个高分就能解决问题。"

"荆如意同志，你今天越来越有人味了，保持住哦！"

如意望着头顶上的床板，忽然愤怒地用那条好腿踢了一下上面。

"干吗？！"

"你是不是放屁了？"

"我没有！"

"方圆八百里，就你和我，除了你还有谁？"下面怒吼。

上面没声音了,忽然又噗一声。

下面抬起腿猛踢了一下床板。

"肚子里一直没油水,这刚吃饱……"上面承认错误。

话被打断,下面放了个更响的屁。

第二天一早,富春打理好一切,然后拿上钓具出了门。

富春脸上戴着如意的黑蕾丝胸罩,走在洁白的大地上,一路向着海冰区走去。

"富春,你别陷进去!"富春走在一望无际的冰原上,对自己道。

"我怎么啦?"他争辩。

"你自己清楚!你脑子里想什么瞒得过我?我他妈就是你!"他揭露。

富春停下脚步,低着头,站了一会儿,然后重新向前走去。

"不想当钻石王老五啦?你总不能因为一朵花放弃美丽大花园吧?"他语重心长。

他再次停下脚步,从胸口拿出一缕头发。

"我和她是两条道上的人。"他扔了这一缕头发。

黑色的头发在白雪上显得很醒目。他埋头继续走去。

风停了,天晴朗得壮美非凡,富春爬上一座山,望着远处。

一望无际的冰雪覆盖着山脉,哪怕地球的容貌已经改变了上百次,这里的时间却如同被冰封了。

他独自坐在山头,摸出手机打开了,望着没有信号的界面,打开铃声菜单。

他的手机铃声在这片寂静冰冷的大陆上响了起来,是一首离别的歌。

铃声回荡在冰冷无际的南极大陆,回荡在亿年寂寥的南极山巅。富春如同接电话般按了一下接听键,歌声停止了。

"喂!喂!"他对着没信号的手机说。

"嗯,上市的事安排得怎么样了?好!好!关键是题材,你把市场部的小王叫来,我要和他开个会,路演的稿子我昨天看了,完全不靠谱!嗯,嗯,好吧,就这样,你们迅速内部开个会,明天我要看结果。不要和我谈过程!我只看结果!"

他语气强硬地结束了"通话",然后把手机放进兜里。一只贼鸥飞过身边,他站起身,解下脸上的胸罩放进兜里,默默望着这片荒芜的大地。他点了一根雪茄,默默抽完。兜里还剩四根。

他继续向海冰走去。

海冰开始化了,大块的海冰间出现了能一步跨过的冰裂缝。富春挑了一块海冰,坐下来,将鱼钩绑上昨天吃剩的鱼内脏,扔进海里。

在一大群贼鸥的围观下,他安安静静地钓了很久,倒扣的小桶渐渐满了。富春把小桶翻过来,在一群贼鸥焦急的鸣叫中,用冰雪将小桶盖实了,放进登山包。

贼鸥们发出了齐齐的哀鸣。

富春起身,想换一条冰裂缝继续钓。他跳过几条狭窄的冰裂缝,寻找着合适下钩的地方。毫无预兆地,他脚底的一块冰塌了下去,原来那是被雪盖住的一道冰裂缝。

扑通一声,他掉进了冰冷刺骨的海水里。

他的衣裤迅速吃饱了水,变得沉重起来,直直将他拽向那冰冷黑暗的海底。

他惊恐地向下沉去,周围皆是柔软的冰冷,挥之不去。他张开嘴,气泡从嘴里冒了出去,他闭上嘴,睁大眼睛往下沉去。

一只威德尔海豹惊讶地游过他的面前,微弱的光线中,他俩对视着,海豹的胡子抖了抖,然后不屑地游走了。他惊恐地吐出一大口气泡,浑身颤抖了一下,紧接着一股生存的斗志转化为巨大的能量爆发出来。

他拼命往上游去,奋力甩动着腿,一只雪地靴的鞋带松了,从脚上脱落下来,沉向漆黑的海底。他光着一只脚,向头顶上的光芒游去。

光芒越来越近,他血液里的氧气已经耗尽了。

他朝着一块亮光游去,接着他的头顶到了一块冰,他像一只忘记透气洞口的海豹般,被冰封在了茫茫的海冰下。

难以抗拒的冰冷瞬间瓦解了他的斗志,他憋气到了极限,张开嘴吐出了一连串气泡。他拼命用头撞冰,海冰岿然不动。他彻底绝望了,闭上眼,慢慢向下沉去。

这时一条闪烁着光芒的冰裂缝出现在他眼前,他想重新向上游去,但已经被冻僵了。他继续往下沉,强忍着大口喝海水的欲望。

零下二度的海水太冷了,富春的眼前出现了幻觉,他看到如意躺在床上,扭过头望着他,眼睛里全是悲伤。

"你死了,我怎么活?"她问。

他猛地睁开眼,露出了一个神都害怕的狰狞表情。他重新划动双臂,向着那道闪光的冰裂缝游去。

一群贼鸥望着冰裂缝，突然一个头颅猛地冒出来，伴随着气管痉挛的剧烈咳嗽，贼鸥们鼓噪着飞走了。

富春扒住滑溜溜的冰裂缝边缘，拼尽全力爬上了海冰。

他独自躺在冰面上，嘴唇发紫，哆嗦着。他解开衣服拉链，迅速地脱光了自己。他发出痛苦的呻吟，跟跟跄跄跑向登山包，哆哆嗦嗦地打开，从里面拿出一件准备在紧急时刻当绷带用的汗衫，飞快地擦干了自己。

起风了，他的体温开始直线下降，他必须更快，他必须和死神赛跑。

他剧烈哆嗦着，望着脱下的一堆衣裤和仅有的一只鞋，他不能失去这些仅有的御寒之物。他抱起滴着水的衣裤，光着身子，背起沉重的登山包，向陆地跑去。

贼鸥们严肃地望着他。

他一路跑上陆地，哆嗦着，雪地冻得他脚掌剧痛，他发出惨烈痛苦的呻吟声。他边跑边拼尽全力绞干贴身衣裤，绞干一件穿上一件。湿的衣服至少还能挡风，总比光着好。他的体力已经接近极限，拼尽最后的力气把冲锋衣裤绞成半干，也穿上了。他哆嗦着弯下腰，把那件擦干身子的汗衫牢牢绑在脚上，用力甩了甩另一只鞋里的海水，蹬上了。然后他把登山包里应急用的五颗水果硬糖和午餐肉塞进衣兜里，收紧了登山包的口子。他必须节约回程的体力，但他一样不能失去这个登山包。他把登山包放在山脚下的一块石头后面，用另一块石头压住了包，还竖了一块石头做标记。然后他迅速起身，往回走去。

再也没有比这次回程更痛苦的事情了,富春边走边迅速吃掉了水果硬糖,一颗接着一颗。他庆幸现在是极昼时的夏季,如果是在极夜时的冬季,他已经被冻死了。他哆嗦着往回走去,那个金色的女人又出现了,她忧伤地望着他,陪着他一路向小站走去。富春边走边吃掉了另外两听午餐肉罐头,他知道每多一点热量,他生存的机会就会大一些。

广袤的白色大陆上,一个身影艰难地向前挪动着。

富春哆嗦着,双臂紧紧蜷抱在胸前。寒冷像是无数把尖锐的小刀,随着每一丝寒风侵入他的身体,割下一刀。

这是一场冰雪的凌迟,风成了不见血的三千六百刀,连呼吸都会引起肺的剧痛。富春的外衣开始结冰,他低头往前走着。

天地崩塌,时间停止,六道不再,唯有一步步前行。

他走着,有时望一眼身边陪着他前行的金色女人。每当这时,那女人就望着他,发出一声叹息。

他倔强地扭过头,继续向前走。他颤抖得太厉害了,像是触电般地前进着。又一阵风吹来,在离小站不远的地方,他终于跌倒了。

他蜷缩起身子,闭上了眼,知道今天他是过不去了。他这才明白为什么十八层地狱中有一层名叫八寒地狱。据说八寒地狱里的人为严寒所逼,浑身起疱,皮肉开拆,就像莲花绽放一样。

他微微睁开眼,望着远处的小站,心神崩溃。

金色的女人发出一声如释重负的叹息。

他艰难地呼吸着,更紧地蜷缩起来。他再也站不起来了。

这时一阵寒风贴地掠过,吹散了他眼前一层新积的雪,那缕刚才被他扔掉的如意的黑发出现在眼前。

富春哆嗦了一下，伸出苍白的手，连着雪，将那缕黑发紧紧攥在手心里。

金色的女人面容模糊地露出一种惊讶的表情，接着无声无息地消失了。

富春发出一声痛苦的号叫，不知从哪里重新获得了力量，摇摇晃晃地站起身，向着小站走去。

如意先是听到外面发电机打开的嗡嗡声，过了一会儿门开了，富春像个鬼一样出现在她面前，然后他慢慢瘫倒在地上，身上的衣服发出薄冰碎裂的声音。

如意惊呆了，她不顾一切地想要下床，剧烈的动作触动了伤处，她发出一声痛苦的呻吟。

富春睁开眼，哆嗦着，道："你……别动。"

他颤抖着脱下结冰的衣裤，最后只剩下贴身的内裤和汗衫。

"全脱了！"如意流着泪道。

富春无力地点点头，他全脱了，赤裸地匍匐在地上，浑身颤抖着，朝如意爬过去。

如意伸出手抓住富春奋力向前探出的手。

她往里挪了挪，展开被子，让这个冰冷的男人爬进她温暖的被窝。富春爬上床，再也支持不住，昏迷过去。如意喊了他几声，他没有答应。

如意迅速脱去了所有衣服，缓慢而坚决地抱住了富春。她柔软的胸脯贴着他冰冷僵硬的胸膛，她温暖的双臂搂着他不断颤抖的身体,她轻声安慰着他,"没事了,没事了……"

她抱着这团冰,不一会儿也冷得颤抖起来。

她没有放开他,而是更紧地抱住。她的泪水不自觉地滑落脸庞,温暖的泪水滴在他冻紫的嘴唇上。

"一定,要活下去!"她在他耳边道。

他没有任何反应。

"你死了,我怎么活?"她抱紧他,在他耳边轻声道。

富春颤抖了一下。

"冷……"他虚弱道。

如意抹去泪水道:"从来没人让我流过这么多泪。"

他无声无息地躺在她怀里,昏死过去。

赤裸的如意抱着赤裸的富春,她冷得直哆嗦,睁着泪眼,望着窗外。

是那么无情的一片大陆,也是那么深情的一个世界。

是那么残酷的漫天风雪,也是那么壮美的天地雄浑。

CHAPTER

10

、

富春醒来后在小站里缓了两天。这里没有感冒病菌,他靠着强壮的身体底子,硬生生扛过来了。

第三天富春坐在窗前,望着外面。

"你想什么哪?"如意问。

"我得回去那里一次。"他答。

"哪里?"

"咱们一开始坠毁,我埋那个金发女孩的地方。"

"干吗?"

"……左脚的鞋子掉在海里了。"富春回头,望着如意道。

如意打了个寒战。

富春拿起如意仅剩的一只右脚的鞋道:"你左脚的鞋子那天也掉海里了。"

如意想起飞机坠毁后,富春脱下她脚上的鞋子,把她硬生生从座位下拖出来的一刻。她心里犹如刀子划过毛玻璃般难受，不自觉地咬了咬牙。

"你可以穿我右脚那只鞋子。"如意道。

富春摇摇头道："我试过了，鞋子太小，反过来穿的话，我的脚没法每天走十几个小时。"

如意没想到，在南极，一只鞋也能让人陷入绝境。

"也没法用布条绑一下走，雪地里走两步就湿透了，脚就冻废了。"富春道。

"必须找到一只能在雪地里走的鞋。"如意道。

"我们多浪费一天，生存的机会就会少一点。"富春道。

如意想起那位金发女孩的个头比富春还高一些，脚应该和富春差不多大，在南极，人们穿的基本上都是专业的雪地靴。

富春穿上冲锋衣，费劲地套上如意那只不合脚的鞋子。

他在房间里走了几步，鞋子勒得脚难受，他咧了咧嘴。

"我先去拿鞋子，再把那天放在石头后面的登山包拿回来，那里面有我钓的鱼，还有盛粥的保暖壶。"他拿起冰镐，"今天回来会晚点。"

她望着他，心生悲悯，不寒而栗。

他站到圣母玛利亚面前，画了个十字。然后又来到观音菩萨面前，双手合十，拜了拜。最后他跑到如意面前，如意把弥勒佛翡翠吊坠从衣服里面拿出来举着，他冲着弥勒佛拜了拜，这才出门。

富春在厚厚的积雪中深一脚浅一脚地行进着，辽阔天地衬托出人的渺小，恰逢风停，只剩心跳和踏雪声。他走得很小心，拔腿时不能太快，否则很容易卡在齐腰深的积雪里，得半天才能拔出来。如意提醒他注意膝盖里的半月骨，很容易陷在雪里猛用力拔腿时受伤。半月骨受伤是很麻烦的事，尤其是在这里。

"富春，今天你得快点，早点拿到东西，早点回家。"他给自己鼓劲。

"嗯，早点回家。"他边气喘吁吁地走着边答应。

富春从没想过他会拥有一个家。

财富没有给他带来家，苦难却给了他一个家。当时他还没听如意说过庄子的那句话——相濡以沫，不如相忘于江湖。

他知道有个女人在一间屋子里每天等他回去，他确认这里就是家了。

每次他拖着疲惫的步伐回到小站时，每当他抬起头望着风雪中的那间小屋时，他都会找到一种回家的感觉。

他感慨命运无常，在那么多的骄纵不羁和浑蛋无耻后，在那么多的纸醉金迷和万念俱灰后，他终于在世界尽头找到了一个家。

"富春……她和你是暂时的，那不是你的家。"连续走了几个小时后，他停下脚步坐在一块石头上喘着气，对自己说。

"那是我的家。"他强撑。

"你这是自己骗自己，南极过家家。"他劝自己。

他脸上戴着如意的胸罩，一个人在风里直愣愣地坐着。

"有过就行了。"他道。

然后他起身，继续前进。

他低着头，弓着腰，顶着寒风，一步一个脚印往前走。

在这段时间里,他已经被逼成了一个有经验的老南极。

他开始能看得出当年冰和老冰的交接线,也知道远离那些看似坚固却能瞬间把人活埋的雪墙。在日益薄弱的海冰上钓鱼时,他甚至会注意脚下冰的内部结构是片状的还是柱状的,如果是水平结构的冰,那是可以承重的,他会安心垂钓。如果是竖状结构的,像是一把筷子那样的冰,则是不能承重的,他会逃之夭夭。他开始懂得当风速超过一个限度时,必须停下脚步,原地等待。而冰面一旦出水,或者颜色比周边暗,他会跑得比兔子还快。他无师自通地学会了辨认要人命的各种冰裂缝,有海面上的,也有陆地上的。他懂得了尽可能远离那些看似千年万载其实是定时炸弹的冰山,每当远远看见一群海豹排成一条直线,他就知道那里一定有冰裂缝,赶紧远远避开。

他从一个无神论者变成了一个疑神疑鬼、有些迷信、充满敬畏心的人。

他跟个兔子似的谨慎地迈出每一步,随时随地准备精彩地逃上一命。

这里的地理位置已经接近坠落点,是一大片怪石嶙峋的荒芜之地,除了山脉和积雪,什么都没有。虽然已靠近海岸线,却依旧一片死寂。这里曾经河流奔涌,如今只剩下一片沙石。远古奔腾的河流侵蚀了岸边的岩石,侵蚀过的地方露出木头化石。一万年前,这里的河岸边上生长着参天大树,二百五十万年前,这里是一片被巨大森林覆盖的青葱大地。

富春又走了一会儿,远远望见了那座雪坟。

他并不害怕，只是一直对那个金发女孩怀着深深的愧疚。

他一步步走向雪坟，心中的愧疚压得他喘不过气。

他来到雪坟边，发现并没有被贼鸥破坏。他压在雪坟上的密密麻麻的石头保护了金发女孩的尸体。

他坐在雪坟前，望着飞机坠毁的方向。那里海冰平坦洁白，所有的痕迹都已消失。

南极强烈的紫外线、比沙漠更干旱的空气、刀割一样的风，把他渐渐变成了一个脸黑唇裂耳廓流脓的家伙。他的脸上胡子拉碴，呵出的白气在胡子上结成了冰碴子，他看上去就像一个流浪汉，南极流浪汉。

他沉默了很久，回过头盯着雪坟道："是我把你害了，都不知道你叫什么。"

一阵风吹散了坟头的一些积雪，他的眼神变得温柔起来。

他站起身，拿起冰镐，一下下挖开了雪坟。

一双脚露了出来。

他跪下，双手颤抖着从尸体僵硬苍白的脚上把鞋子用力地扒了下来。

他脱下如意那只不合脚的鞋，把脚伸进了这只从尸体上扒下来的鞋子。不算太合脚，但总比没有强。

他原地坐着，望着脚上的鞋，浑身筛糠似的抖了一会儿，努力使自己平静下来。

他重新埋好金发女孩，把石头密密麻麻地压在雪坟上。

他干完这些，大汗淋漓地坐在地上喘气。他望着自己的双脚，右脚是灰色的鞋子，左脚是红色的鞋子，两只鞋子后面，是一望无际的海冰。

他想起什么，拉开冲锋衣的兜，摸出那厚厚一沓美金。

他起身跪在雪坟前，掏出打火机，将美金一张张地点燃了。雪坟前燃起一股青烟。

"这些美金在我这儿没用，也许你那里用得着。"富春低声道。

起风了，美金的纸灰被吹得四处飘扬。

富春缓缓站起身，迎风举起手上尚未烧掉的美金，转身面对着浩荡南极。

"一路走好啊！"他如撒纸钱般，奋力撒出整沓美金。

风大了，更多的美金随风飞扬，落在雪坟四周。

他把如意那只鞋子和金发女孩的另一只鞋子用鞋带绑在冲锋衣的腰带上，然后起身往回走去。他笔直望着回去的方向，没有回头，也没有再啰嗦一句话，大步离去了。

富春走了很久，回到那天落水处附近，从石头后面找到了他的登山包。他从腰带上解下鞋，塞进登山包，迅速离开了那片不祥之地。

他翻过一座山，下山时听到南边一块巨大的岩石后传来几声企鹅的叫声，他来到巨石跟前，越来越多企鹅的声音传入耳朵。他绕过巨石，一大片阿德利企鹅出现在他眼前。那么黑压压的一大片，让他措手不及。

他曾经在钓鱼时遇到过少量的阿德利企鹅，但这么大规模的还是第一次见到。茫茫风雪中，他望着这一大群企鹅，轻轻吹了一声口哨。这一天太压抑了，直到撞见这群企鹅。在他眼里，它们不是企鹅，是粮食。

富春发现有一只刚出生的小企鹅被贼鸥盯上了。它胖乎乎，毛茸茸，浅灰色的绒毛在寒风中飘动着。照看它的雄企鹅已经死了，而它站得摇摇晃晃的，好像随时都会倒下。

小企鹅抬起头望着这片大地，分不清这片茫茫白色是深情厚谊还是冷酷无情。风越来越大，它背上的积雪越来越厚，好像随时都会把它压垮。它趔趄了一下，随即努力站好。小家伙低头坚持着。

富春眼睛放光，蹑手蹑脚地走过去。

小企鹅摇摇晃晃地站着，好像随时都会倒下。随着富春的走近，外围的企鹅开始向里面挤，警惕地望着这个难以形容的家伙。小企鹅守着爸爸油尽灯枯的尸体没有动，它也筋疲力尽了。

那几只守候已久的贼鸥直勾勾地盯着富春，它们知道今天碰上黑吃黑了。

富春恶狠狠地指了指贼鸥们，道："你们，红烧！"

贼鸥们拍着翅膀飞走了。

一大片黑压压的企鹅惴惴不安地望着富春，一只高大的两腿兽和一只还长着绒毛的小企鹅对视着。雄企鹅们耿耿耿叫唤起来，挺起胸膛，扇动着鳍，摆出打架的姿势。

富春俯下身，亲切地望着眼前浑身发抖的小企鹅，道："你，清蒸。"

筋疲力尽的小企鹅抬头望着富春。

它的萌态和绝望无法打动绝缘体富春，他毫不犹豫地把小企鹅一把抄起，塞进登山包。小企鹅在包里挣扎着，惊恐地叫唤着。

他没当场弄死它是因为觉得活杀的肉新鲜。

富春又朝着企鹅群踏近几步,这群懵懵的阿德利企鹅终于炸了窝,纷纷跑开,有几只雄企鹅跑了几步想想不甘心,转过身向富春仰起头,边叫唤边用力拍打着两只鳍,意思是有种过来打,谁怕谁啊。

富春吃过被企鹅的鳍拍打的苦头,别小看那两只小小的鳍,打在身上,隔着厚厚的冲锋裤都能让人疼一下。

风刮得越来越野,他掂了掂登山包的重量,觉得今天不能再贪心了,于是恋恋不舍地转头回去了,一边走还一边回头看着那群企鹅,心想过几天得再来一次,多弄几只回去。这胖乎乎的一只,能吃好几顿呢。

他回到小站,又一天的征程结束了。他打开发电机,检查了一下剩余的柴油,推开门进了屋。

"回来啦!"如意从床上坐起,快乐道。

"回来啦!"他幸福地回答,感觉满身的疲惫一扫而空。

如意望着他脚上的那只鞋,随后就移开了目光,俩人都不提这件事。

"今天吃奶粉煮粥,加生鱼片蘸醋怎么样?"如意问。

"好主意!"富春解下脸上的胸罩,解开冻得硬邦邦的冲锋衣,拉开登山包,把奄奄一息的小企鹅提了出来。

如意发出一声惊呼。

小企鹅站在原地,惊恐地望着周围的一切。

如意望着它,道:"拿过来,我摸摸。"

富春双手抱起无力反抗的小企鹅,递到如意面前,如意伸出手摸了摸它的脑袋。

"太可爱了。我们给它起个名字吧，叫小胖怎么样？"她说。

富春放下小企鹅，回到登山包边，把包里的鱼一条条拿出来，道："起什么名字啊，明天就吃了，清蒸企鹅，特别好。"

如意道："你开玩笑吧？你要吃了我的小胖？"

富春抬起头和如意对视着，一丝不祥的预感浮上心头。才一秒钟，这盘粮食就成了"我的小胖"。

"你少来啊……"他特别没底气地说。

"你敢！"如意气吞山河。

"我操！"富春仰天发出一声悲号。

"好啊！你不瞎了，也活过来了，也有鞋了，你好厉害哦，你要吃小胖的话就连我一起清蒸了吧……"如意用被子捂住脸，泣不成声道。

这几句话相当有水平，表功威胁各占一半，言简意赅，气贯长虹。富春这才发现螳螂捕蝉黄雀在后，今天如意才是终极大佬。

"行了，别哭了。"富春最听不得女人哭了。

如意抬起头，没有半点过渡就无耻地笑了。

那天晚上小企鹅被安置在没有暖气的苹果屋里，否则它会热死。按照如意的最高指示，富春挑了两条大头鱼放在小胖跟前。

小胖呆呆站着。

"吃。"富春指指大头鱼道。

小胖看了看地上的大头鱼，没有动。

富春起身离去，关上了苹果屋的门。

小屋里暖洋洋的,俩人吃饱了,一上一下地躺在床上。

下面床板被拍了拍。

"富春,你是好人。"下面道。

"好人难做,养一个不够,还得再养一个。好不容易钓回来的鱼……"上面叹气道。

下面沉默了一会儿,道:"善有善报,你信吗?"

上面发出一声"切"。

下面问:"你知道一只小企鹅是怎么来到这个世界上的吗?"

上面道:"说来听听。"

下面道:"大约在几个月前,还是极夜的时候,雌企鹅开始生蛋。生完蛋后,雌企鹅体力耗尽了,它们得返回大海捕食。"

上面问:"那蛋怎么办?"

下面道:"雌企鹅怕蛋被冻坏,于是会迅速将蛋滚到雄企鹅的脚掌上,雄企鹅用腹部的育儿袋裹住蛋。在零下五十多度的低温中,雄企鹅留在原地孵蛋,雌企鹅就走了。"

富春想象着雌企鹅最后回望雄企鹅,而后踏上征程的情景。

下面继续道:"这可能是诀别,因为有些雌企鹅就这么饿死在路上了,当它们到达大海后,还有很多虚弱的雌企鹅会被海豹吃掉。之后的两个多月,雄企鹅没任何东西吃,每天就是孵蛋。企鹅的孵化挺悲壮的,在暴风雪里,雄企鹅裹着蛋,紧紧聚集在一起取暖。它们背向外,头朝里,背上积着厚厚一层雪。有时候站在外围的实在扛不住了,就会往圈子里面挤,但也有就这么被冻死的。没东西吃,雄企鹅只能靠消耗身体中的脂肪活下去。实在饿得不行了,它们就吃一口雪。"

富春想起那具雄企鹅干瘪的尸体，仿佛看到两个月前，它正垂着头凝视自己的肚子，在它的脚掌和腹部的育儿袋间，有一个小生命即将出生。富春心想那一刻雄企鹅的情感会是多么复杂，生和死同时出现在它身上，在零下五十度的十级大风中，生命最终胜利了。

"后来呢？"上面问。

"小企鹅出生后，饿得只剩下一半体重的雄企鹅还会用分泌物喂小企鹅，很多雄企鹅就是这时候饿死的。"

"再后来呢？"

"出海捕鱼的雌企鹅回来了，它们找到雄企鹅，从嗉囊里吐出它们从海里抓来的鱼，企鹅一家就团聚了。但是有很多雌企鹅回来后，发现伴侣已经死了。也有很多奄奄一息的雄企鹅，最后没能盼到雌企鹅回来。企鹅和鸳鸯挺像的，它们大多数一辈子只找一个伴侣，一个死了，另一个就孤独地活下去。"

"再后来呢？"

"再后来有一只好不容易活下来的小企鹅遇到一个浑蛋，把它抓走了，还准备清蒸了它，阿弥陀佛。"

富春趴在床边上，探出头道："如果不是我，它已经被贼鸥吃了。"

如意仰望着富春，粗声道："如果不是我，它已经被你吃了。"

富春缩回脑袋叹息道："清蒸企鹅，换了在国内，多少钱都买不到啊。"

"你个俗人，你说你除了钱，你还爱过什么？"下面拍床板道。

"你是说那种真正的,玩命的,完全不计后果的爱吗？"上面问。

"嗯。"

"只有看到钱的时候,我的内心才会充满这种爱。"上面坦白。

下面无语了。

上面探出脸,问:"你说,南极什么值钱?"

"陨石。"

"靠谱吗?"

"如果你运气好能捡到一块。"

"值多少?"

"很值钱,有些是无价之宝。"

"在哪儿能捡到陨石?"

"这得从冰川的流动说起。"如意来劲了。

上面打了个哈欠。

如意道:"当冰川流动遇到内陆山脉阻挡时,由于冰下地形的影响,冰被拦住后不断上升,表层的冰在大风的作用下直接升华消失,埋在冰里的陨石就慢慢露出来了。所以在阻挡冰流的山脉处最容易找到陨石。如果在山脉附近,一片纯蓝色的冰面上有一块黑褐色的石头,那基本就是陨石了。"

俩人有一搭没一搭地说着话,夜深了,窗外阳光明媚。

苹果屋里,小胖惊恐地打量着四周,它看了看地上的鱼,没有动。

它缩起脖子,萌态憨憨,眯起眼睛,浑身微微颤抖着,一步都没挪过。

CHAPTER

11

、

两天过去了,小胖还是死活不肯吃东西。

第三天富春没有跟它讲任何道理,他用两条腿夹住它的身子,直接掰开它的嘴,把两条鱼硬生生地塞进它的肚子。就这样,小胖活了过来,直到它开始自己进食。富春再次证明了有时候简单粗暴的必要性。

小站原本的安静开始被小胖耿耿的叫声打破。大多数时间里,它独自在苹果屋附近游荡,那两只不时前来光顾的贼鸥经常盯着它,但见它日益茁壮,倒也无可奈何。

小站离海岸有点距离,小胖找不到海岸线就无法自己下海捕食,加上它胆子小,所以每次走不了多远就会回来,苹果屋渐渐成了它的家,它吃着富春钓回来的鱼,毛色渐渐从灰色向黑色转变着。

日子一天天过去,转眼到了十二月下旬。如意的伤势渐渐好转,因为年纪轻,身体好,所以复原速度很快。断骨处已经不疼了,但脆弱的骨痂刚刚长好，伤腿不能受力，如果要站起来，就只能蜷着左腿。富春劈了一条长凳，为她做了一根拐杖，如意蜷缩着伤腿，撑着拐杖，可以勉强挪几步。

对富春，小胖始终耿耿于怀，它从不搭理他，倒是和如意很处得来。每次如意一拐一拐地走出小屋活动筋骨时，小胖都会摇摇摆摆地走过来，一个椭圆形的肉球默默跟在她身后。它会和如意保持着一定的距离，但是他俩之间的气氛是和谐的。

短发的如意变得眉宇开朗起来，长发的富春却日渐消沉。

他太累了，每天走十几个小时，脸上戴着胸罩，脖子里系着如意的粉红丝巾，脚蹬一红一灰两只不同的鞋子，一步一步向着茫茫的绝望前进。

晚上如意一说起斯科特和阿蒙森南极探险的伟大往事，富春就会打哈欠，然后迅速打起呼噜。他始终无法理解如意所说的那种"伟大的情感"，他觉得这俩哥们完全是吃饱了撑的，放着好日子不过去找死。只有当如意说起南极陨石时，富春才会迸发出热情，陷入一种幸福的期待中。他问得很仔细，比如南极陨石的形状、分布、特征等等，然后望着天花板憨不拉唧地拍着肚子进入寻宝的幻想。

早上富春出门时，如意将煲好的粥灌进保暖壶放到他的登山包里。晚上富春回来，如意为他端上精心搭配的过期食品大餐。细心的她在他兜里放了一支水笔和一张纸，以便富春记录每天的行程和参照物，以免重走老路。

富春出门前总会回头望一眼，而如意总是支着拐杖靠在门口，看着他道："我等你回来。"

然后富春就会像充了电似的大步向南走去。

如意很会做家务，小屋渐渐变得温馨起来。货架上有限的过期食品和富春钓回来的鱼，在如意的精心搭配下，渐渐焕发出了新意和美味，比如鱼片蘸奶粉和午餐肉丁粥都是很受欢迎的。可调料越来越少了，柴油和天然气也眼见就要耗尽，他们每天发电取暖的时间越来越短，酱油和醋成了稀贵之物。唯一值得庆幸的是，天越来越热，南极短暂的盛夏到了。

富春觉得自己终于过上了老婆孩子热炕头的生活，虽说老婆是别人的，孩子是个椭圆形的肉球，热炕头的柴油快烧完了，但他觉得踏实。

他照例每天出门寻找极光站，边大海捞针边独步天涯边自言自语。他的心中慢慢多了一份责任感，该逃命时逃命，该钓鱼时钓鱼，小日子过得忙忙碌碌。他惊叹于家的力量竟是如此强大——他从未活得如此琐碎而充实。

这天他走在一望无际的冰原上，毫无预兆地，看到了一块黑色的石头醒目地出现在远处一片洁白的冰雪上。

富春颤抖了，他紧张四顾，附近正有一座山脉，而附近没有别的石头。黑色的石头孤零零地出现在洁白的冰雪上，在这片没有人烟万古寂静的冰雪大陆上，它不是陨石是什么？

富春连滚带爬地向陨石跑去，忽然停下了脚步，敏锐地觉察到附近有致命的冰裂缝。

他缓缓蹲下身，用手里的冰镐试探性地戳着地面，像一个沉着冷静的排雷兵一样，一寸一寸地前进着。忽然，他的脚下传来一声怪响，只听得轰隆一声，他脚下塌陷出一道深不见底的冰裂缝。千钧一发之际，富春将冰镐狠狠抡向前方的地面，这才把整个人挂在了冰裂缝的边缘。

他悬空挂了一会儿，使出吃奶的力气爬上冰面，喘了会儿气，眼睛死死盯着不远处的那块陨石。在这块小小的黑色的石头面前，他豁出去了，成了动画片里要财不要命的巴依老爷，顿时拥有了如意所说的那种高于一切的"伟大的情感"。

就这样，富春冒着生命危险，跃过一条致命的深不见底的冰裂缝，匍匐前进了几十米，终于把陨石攥在了手里。

到手了！他颤抖地举起陨石对着阳光看，发现是朴实的黑褐色，在阳光下呈现出独特的质感。他仔细观察着这块奇异的陨石，果然不同凡响，竟然状如灵芝。寒风中，富春小心地把陨石放进包里。

"难道自己独吞吗？"富春脑中念头一闪。

这一刻他想起了没房没车的如意，想起了一个科研工作者多年书香寂寞的清贫生活。他咽了口唾沫，发现自己出汗了。

他闭上眼，心想就算这块陨石值几千万又怎么样呢，他有的是钱！他爱财并不是爱它的流通价值，而是对财本身充满了热爱。是的，他是一个纯粹的、脱离了低级趣味的、无益于人民的、天生的财迷。

这块陨石无法改变自己的生活，却能为如意带来幸福。可是巴依老爷天生的吝啬又在他心中发芽了——这明明是我捡到的，当然应该归我。

瞬间，他又内疚地低下头，想起这段时间如意和他的生死相依，作为一个有情有义的男人，姥姥，这块陨石应该三七开！

他就这么跪在洁白的海冰上，在辽阔的天地间感受自己的渺小和纠结。

"我七，如意三！怎么样？"他思想斗争一大通后，跪在冰面上问自己。

"富春，不错！够意思！"他竖起拇指夸自己，这下他心里舒服了。

富春捧着陨石跑回站里，进屋时他还提醒自己要绷住，别兴奋得跟孩子似的在如意面前献宝，得特别沉稳地，像没事人那样扔出陨石，然后用特别不经意的语气提醒如意，陨石他会和她三七开。

他打开门，站在那里绷了一会儿，最后还是没绷住。他原地跳起，大吼了一声："我捡到陨石了！"

如意吓了一大跳，接过富春小心翼翼地从包里拿出的那块灵芝状陨石，仔细观察了一会儿，面无表情地点了点头。

她把陨石轻轻放到桌面上，道："恭喜你。"

富春压抑住内心的狂喜道："算咱俩的，怎么样？三七开！"

如意一只手托着腮帮子，静静望着富春。

富春犹豫了一下，改口道："好兄弟讲义气，你四，我六！"

如意的目光泛起温柔，她问："你个财迷，你真舍得？"

富春狂躁地原地转了一圈，大声道："一人一半！就这么说定了！有什么舍不得的？"

话说出口，富春望着陨石，实在掩饰不住肉痛的表情。

如意道："富春，你是个好人。"

富春拿起放在桌子上的陨石，细细观赏起来。没想到陨石忽然断裂下一小块凸起的边缘，完美的灵芝形状被破坏了。

"放下吧，再摸都摸坏了。"如意咳嗽一声道。

富春放下陨石，心痛得倒抽冷气。

外面传来小胖的叫唤声，富春道："我去喂一下小胖，你看好陨石。"

如意点点头道："放心吧，这里除了鬼没人会来抢你的陨石。"

富春开心道："这里连鬼也不来。"

他不放心地回望了一眼桌上的陨石，出门喂小胖去了。

如意隔窗望着富春喂小胖，眼神变得温柔起来。她第一次切实感受到了富春的仗义。

是的，窗外那个正在喂小胖的吴富春很现实，很庸俗，很财迷，也很无赖。

但是他仗义。

他的仗义不是挂在嘴上的，也不是轰轰烈烈的，而是隐藏在了他的猥琐和自私里。他没有在孤男寡女的时候占她便宜，也没有在食物匮乏的时候只顾自己。他骂骂咧咧地养了一只原本注定会死在野外的幼企鹅，其实喂它的每一条鱼都是他用命换来的。他没文化，也没出身，除了钱，他没有任何能证明自己价值的东西，所以他的财迷源于他的自卑和争强好胜。

隔着窗，如意静静望着他。他正拿起一条鱼，犹豫着是不是要给伸长脖子的小胖吃。

富春推开门，回到已经二十几度的屋里，闻到一股臭味。

那块陨石化了，是坨屎。

富春待在原地，大脑一片空白。

如意捂着鼻子，实在没忍住，哈哈大笑起来。

富春恼羞成怒，无可奈何，他憋了半天，怒道："海豹粪企鹅粪贼鸥粪老子都认识——这是人拉的！"

一道闪电咔嚓嚓劈过俩人的大脑。

"谁拉的？！"如意和富春异口同声问对方。

在经历了那么多的伤痛和绝望后，这一幕竟来得如此不堪，毫无诗意，绝非想象中的天崩地裂或者万古凄美。

没有热泪盈眶，也没有撕心裂肺，只有一坨野屎静静地瘫软在桌上。

那天晚上富春一直不出声，默默躺在上铺，伤自尊了。

下面的如意拍了拍床板。

下面道："那个……这坨屎……比一块陨石都好，有屎就有人，就有生命。"

上面不出声。

下面道："有个叫庄子的你知道吗？"

上面还是不出声。

"一天有个叫东郭子的人来找庄子。"

上面就是不出声。

下面的声音很沉静："那天东郭子问庄子：'你所谓的道，在哪里呢？'庄子说：'无所不在。'东郭子说：'一定要说个地方才可以。'庄子就说：'道在蚂蚁里。'东郭子问：'怎么这么不靠谱呢？'

庄子又说：'道在杂草里。'东郭子问：'怎么更不靠谱了？'庄子接着说：'道在破瓦块里。'东郭子有点生气，就问：'你怎么越说越不靠谱呢？'最后庄子说：'道在屎尿里。'"

上面继续不出声。

下面道："富春，你给过我两次希望，一次是把屎端出去，一次是把屎捡回来。"

上面打死了不出声。

如意道："我总以为我是可以不食人间烟火的，可以冰清玉洁到像个神仙那样活下去。到了这儿我才明白，那是傲慢。就算杨玉环赵飞燕，也都得吃饭喝水拉屎撒尿。除了心里干净，没什么是可以拿来炫耀，自欺欺人的。那天我躺在床上，一动也动不了。我想，如果我能活着回去，如果有一天我结婚了，爱着对方，太太平平的，健健康康的，可几十年后呢，总有一个会像我现在这样，先躺到床上。另一个就得为先躺到床上的那个端屎端尿。那天我使劲想，后来我想明白了，年轻时香喷喷的玫瑰花，那意思是我想爱你。很多年后那个臭烘烘的屎盆子，那意思是我还爱你。"

"嗯，这个庄子很对我胃口，改天约出来一起吃个饭。"上面开金口了。

"你是真傻还是装傻？"

"庄子兄弟还说过什么？"上面问。

"相濡以沫，不如相忘于江湖。"下面道。

"翻译。"

"两条鱼被困住了，为了活下去，它们互相用口水湿润着对方，想让对方活下去。可与其这样，不如回到江河里，忘了对方，各自去找幸福。"

富春虽躺在床上，却听得耳边蓦然荡起寒风呼啸的声音。他睁着眼盯着天花板，任凭一股悲伤带着热血流遍四肢百骸，汇聚在胸口，成为沉重却不忍放弃的温暖。

他转过身，面朝里睡着。

他没有说话，如意也没有再说什么，只有窗外风声依旧。

窗外似乎什么都没有，没有河流，没有树木，没有生气。但是风是活的，它揉捏起粉一样的细雪，塑造成各种形状，这个雪团像只昂头的大象，那个雪团像朵悲伤的莲花。万物有灵，千古寂寞。

不一会儿上面打起了呼噜。

如意翻开那本《泰戈尔诗集》，有一页被折了一个角。

她轻轻翻开那个折角，《吉檀迦利》中的那首诗再次映入眼帘——

假如一天已经过去了，鸟儿也不歌唱，
假如风也吹倦了，那就用黑暗的厚幕把我盖上罢，
如同你在黄昏时节用睡眠的衾被裹上大地，
又轻柔地将睡莲的花瓣合上。
旅客的行程未达，粮袋已空，
衣裳破裂污损，而又筋疲力尽，
你解除了他的羞涩与困窘，
使他的生命像花朵一样在仁慈的夜幕下苏醒。

按照如意的推测，这坨屎应该是极光站某位违反南极公约的队员拉的。不管怎样，这坨屎证明了一点：那个方向，已经接近极光站了。

大海捞针的搜索缩小了范围，希望之火在俩人心中重新燃起。

出发。

吴富春同志开始了以一坨野屎为中心的南极大冒险。

他的包里放着如意为他煲好的粥，他的心里装着一个亦真亦幻的家。

他是个硬核桃，藏得住也硬得很，在外面受尽风霜，回家后一声不吭，倔头倔脑地爬上床默默舔伤口。

某些午夜他春梦难耐，也不得不撸上一把。奈何旧床吱嘎，唯有屏息凝神，小心行事。他没意识到，以往的小泽玛丽亚、武藤兰，甚至苍井空老师都已离他远去，代替那些女神的是一张模糊的脸。拨开重重迷雾，他见到那张在蓬塔酒店里敲开他门的脸，那时的她如此青春饱满，浑身洋溢着生气。

他激动起来，确信原来第一次见面她就在他的大脑皮层烙了个印。小床照例轻微摇晃几下，接着消停了。当他满怀内疚告诫自己小撸怡情大撸伤身强撸灰飞烟灭时，下铺的正满脸羞红地咬着自己的中指关节，大气也不敢出一声。

日子一天天过，每天怀着希望走，每天忍着绝望回。

他被威德尔海豹攻击过，也曾差点被贼鸥啄瞎眼，甚至还被一群阿德利企鹅捉弄过，他没空悲伤，继续前进。

在他踏出的每一步里，人与自然，人与过去，人与命运，人与生死，所有的这些，都变成他的领悟，融入他的血液，化作他的沉默，踩出从旷古到现在从未有人留下过的一排脚印。

小胖茁壮成长，原先灰色的毛渐渐变成了黑色。开饭时富春吹个口哨，它就会跑过来。它有着强烈的好奇心，富春不靠近它来，靠近了它躲。富春有时候使坏捉弄它，小家伙开心时叫起来不张嘴，拍翅膀，憨头憨脑地摇头；不开心时它会发出短促高昂的叫声，脖子向后仰起，逼急了也啄人。

转眼到了来年一月中旬，柴油和大米越来越少了。

某天外面暴风雪，富春和如意躲在屋里。富春正在做一副可以绑在鞋上的大脚板，这样走在雪地上时人就不会陷下去了。他用老虎钳绞着钢丝固定连接处，钢丝不够用了，他起身想去对面的苹果屋里拿点。

他推开门时如意正躺在床上看书，抬头望了望他说："外面冷，你多穿点。"

富春只穿着一身冲锋衣的内胆，指着窗外不远处的苹果屋道："就几步路的事。"说完推开门出去了。

如意没觉得什么，低下头继续看书。

富春出门，发现外面风大得很，他没在意，朝苹果屋走了几步，然后发现坏事了，他走进了伸手不见五指的白毛风里。

他茫然地原地转了一下，然后意识到这个无意识的动作坏事了，他惊慌地大叫起来："如意！"

风大到瞬间埋没了他的呼号，天地间巨大的呼啸声激荡寰宇。

富春傻了，他迅速蹲下，往前爬了几步，觉得不对，调整了一下方向，一口气爬了几十米远，他伸出手，但前面什么都没有。

他疯了。

"如意！"他趴在雪地里，玩命地大叫起来。

他的声音被迅速埋没，四周除了风声什么都没有。

富春只穿了一身单薄的内胆，他知道自己迷失方向了，如果没头没脑地一路爬，他会在能见度为零的风雪中和小站擦肩而过，最后越走越远，直到死在白毛风里。

死定了。

白毛风形成了地吹雪的现象，天地间竟发出滚水般的声音。疾风吹动浮雪像流沙一样在地面上快速移动，这是一场白色的沙尘暴，气温骤降，风震寰宇。

富春跪在白毛风里，冷静地估算了一下自己被冻死的时间。

风速瞬间达到了将近每秒三十米，遮天蔽日的雪雾笼罩四周。白色混沌中，疾风携着雪沫打在脸上，无孔不入地钻进内胆的领子，他的体温开始迅速下降。

赌一把。

他转了个方向，跟条断尾巴蜥蜴似的一路玩命爬过去，边爬边咒骂着南极。他爬了几十米，眼前依然除了一片白色什么都没有。他克制着迷失方向后的剧烈恐惧，换了个方向继续爬。爬一会儿，他停下来想一会儿，伸出手往前面摸几下，然后又换个方向继续爬。五分钟后，他怕得不敢到处乱爬了。

他像条死狗一样趴在雪地里浑身颤抖，不知道自己身处何处，也不知道前方是小屋还是地狱。

气温越来越低，再过一会儿，他就会被冻死。曾经的生活像过电影一样，开始一幕一幕从他眼前划过。他忽然想应该留下些什么，哆嗦着从衣兜里摸出如意给他的那支笔，咬开笔帽，跪在原地，弯下腰，顶着风拉开拉链，想在衣襟内侧写下什么。

然后他发现，笔被冻住了。

……

他跪在白毛风里，握着一支被冻住的水笔，想要留一句遗言也不行。

他猛地站起身，挺起胸膛，悲愤地指着天骂道："你他妈也太狠了！"

天怒了，风更狠了。

他站了一会儿终于蔫了，浑身哆嗦着跪下拜四方，求南极道："刚刚我那是一时气话，您放过我吧。"

南极不依不饶，白毛风越刮越猛。

他哆嗦着试图用手在地上刨个坑藏身。

可正逢南极盛夏，地上的积雪本不厚，他刨了几下就碰到了坚硬如铁的冻土层。

他颓然坐倒在地，拉上拉链，五脏六腑都像结了冰。他的意识渐渐模糊起来，他知道今天是过不去这关了。

忽然，富春感受到身边似乎有动静，他拼命睁大眼睛，隐约看到了一个椭圆形的肉球。不知何时，它严肃地站在他的身边。

"小胖！小胖！"他分不清是哭还是笑，声嘶力竭地吼，"回家！回家！"

他像是一只在溪流中抓住稻草的蚂蚁，听天由命地跟着小胖隐约的背影往前爬去。

一分钟后，他摸到了小屋的外墙，直起身一路摸过去，摸到了门，顶着风用力推开外门，回到了门斗里。

他站在门斗里浑身哆嗦着喘了会儿气，表情痴呆地拧了一把大腿，确定这不是场噩梦。

他拍去身上的雪，推开内门，走进小屋。在鬼门关逛了一圈后，他像是梦游一样站在小屋里喘着气。如意还在看书，她并不知道富春刚才经历的惊魂一幕，均匀呼吸着，胸口静静起伏着。

"怎么这么久？"她头也不抬地问他。

"嗯。"他梦游似的点点头，坐在桌边，望着窗外的暴风雪。

整个小屋都在微微颤抖，发出嘎啦啦的声音。

他想起他从天上掉下来后遇到过很多事，冰山崩塌也好，掉进冰裂缝也好，在地下冰宫里迷了路也好，得了雪盲症瞎了也好，在冰冷黑暗的海里一直往下沉也好……所有这些都没有刚才的几分钟可怕。

"小胖来的那天，你说得对。"

"什么？"如意翻过一页书问。

"善有善报。"

CHAPTER

12

、

已是一月下旬,大米和奶粉都快吃完了,货架上的罐头越来越少,柴油也快用完了。

俩人不得不进一步节约口粮,经常饿得半夜里肚子一齐咕咕叫,如意戏称为"听取蛙声一片"。

每次去钓鱼,富春都得花一天的时间,而且随着气温越来越高,海冰变得越来越危险。望着窗外毛色渐黑的小胖,俩人都知道分别的时候到了。

"明天我去趟海边。"富春收拾起渔具。

如意望着窗外的小胖。

"把小胖送回去吧,它已经能照顾自己了。"她道。

富春就是在等这句话。

他望着如意,感到一阵愧疚。他知道每天他出门后,小胖是如意打发寂寞时光的唯一慰藉。可小胖的食量越来越大,每天几条鱼已经满足不了它，他们养不起小胖了。

富春第一次体会到了养家的艰辛。

以前他看不起那些不能让老婆孩子过上好日子的男人，嗤之以鼻——都是些没本事的家伙。现在他知道了，男人所谓的本事，不是那么简单地可以去评价的。

谋事在人成事在天，抛开本事，还有运气，抛开运气，还有命——所以只要是好好养家的男人，不管日子苦不苦，都是有本事的。

他没有得到一个尘世中的富贵之家，却找到了一个世界尽头的贫寒之家。

他想尽办法，苦苦支撑。

第二天，富春带上钓具，在屋外腾空了登山包。

如意隔窗望着。

富春吹了一声口哨，小胖就摇摇晃晃地跑过来了。

它憨头憨脑地拍拍鳍，伸长脖子张开嘴。

富春喂了它一条鱼，然后抱住它，不管它如何拼命挣扎，一把塞进了登山包。

他背上剧烈蠕动着的登山包，望着窗户玻璃后黯然的如意。

在小胖气愤的叫声中，他和如意对视了一会儿，然后扭头离去。

他走了几步，门开了，如意挂着拐杖一瘸一拐地走出来。她走到富春身边，将手轻轻放在挣扎蠕动的登山包上，登山包渐渐平静下来。

如意抬起头凝望着富春道："让我再看看它。"

富春打开登山包，小胖的头从包里伸出来，它望着如意，耿耿耿叫唤起来。

如意摸了摸小胖的脑袋，柔声道："在外面不开心就回来，这里是你的家。"

"好了好了，别啰唆了。"富春转头望着远处，不耐烦道。

小胖叫了一声，富春把它塞回包里，收紧了绳子。

如意转过身，拄着拐杖，一瘸一拐地回了屋，门轻轻关上了。

富春背起包，拿起一把扫帚，向海边走去。

正值小贼鸥出壳的季节，此时大凡路过贼鸥窝附近，大贼鸥就会玩命攻击。之前富春莫名其妙地被啄过几次，有一次差点被无声无息靠近的贼鸥啄瞎眼睛。后来他想出了一招，那就是举着一把扫帚赶路。万一不小心踏入了贼鸥的领地，扫帚就派上用场了——贼鸥会以为那是富春的脑袋，愤怒地鸣叫着飞来，狠狠一口啄向富春举在脑袋上的扫帚。

就这样，富春戴着胸罩，举着扫帚，若无其事地行进在贼鸥们凌厉的攻击中，向着大海继续前进。

富春来到捡小胖的老地方，那群企鹅还在原地，闹闹哄哄的一大群。

富春惊讶地看到有一排企鹅站得非常整齐，它们一字排开，面对着一只正在训话的头企鹅。

那只头企鹅挥动着小鳍，正耿耿耿地发表演讲。在它面前，那一排阿德利企鹅整齐站立，认真听着。头企鹅训完话，大叫了一声，然后转身向大海方向走去，那一排阿德利企鹅随即整齐转身，一齐迈开步伐，跟着头企鹅向大海走去。

富春看傻了，背着小胖，跟着这支企鹅部队来到了海冰区。海冰正开化，变得更加危险和不稳定，一块块海冰相互裂开、碰撞，漂浮在海面上。

那群企鹅正在岸边的一块大海冰上往海里跳。和坠毁时的寂静不同，这片海域变得生机勃勃起来。空中有飞翔的贼鸥、雪白的海燕，还有黑背鸥。远处冰面上则闹闹哄哄站着几十只憨头憨脑的阿德利企鹅，还有几只高大神气的帝企鹅。

忽然祥和的气氛被一群贼鸥的嚣叫打破了，富春望去，只见不远处，一只落单的阿德利企鹅被一群贼鸥包围了。

一场生死角斗开始了。

阿德利企鹅抬起头，猛烈扇动着鳍，发出凶狠的叫声。离它最近的那只贼鸥率先发动了攻击，只见它灵巧地左右飞旋，避开企鹅尖尖的喙，对准眼睛狠狠啄去。

阿德利企鹅没能避开，一只眼睛被啄了出来。

它发出凄惨的鸣叫，更高地仰起头，用屁股上一根特别坚硬的羽毛支撑起身体，抬起喙，准备拼死一击。

忽然，整群贼鸥呼啦啦围了上去，那只阿德利企鹅立刻被无数拍动的灰色翅膀掩埋了。

那一堆翅膀震颤着，相互交错，忽然散开，又迅速聚拢。

富春紧紧抱着包，望着翅膀的间隙中那具血肉横飞的尸体，扭头快步离开。

他挑了个僻静处，跳上一块还算厚的大海冰，小心坐下，确认四周没有贼鸥后才把小胖从包里放了出来。

小胖第一次震惊地看着眼前这片辽阔的、全新的、充满生机的世界。

它仰起头叫了一声，然后猛地直起身，拍动起双鳍来。

富春装好钓竿，在鱼钩上绑上诱饵，将鱼钩投入海中。

他望着小胖，小胖转过头盯着他。

"走吧。"富春道。

小胖转回头，望着大海。

"别落单。"富春道。

小胖神气地拍拍鳍，叫了一声。

"遇到贼鸥就跑。"富春道。

小胖迈开步伐，跌跌撞撞地向前跑去。

"喂！"富春喊它，小胖没有停下脚步，扑通一声跳进了大海。

富春望着水面上的涟漪，掏出一根雪茄，点燃了，静静抽起来。兜里还有三根。雪茄被海水泡过，除了原有的皮革味、奶香味、可可味、松木味，还多了一股海腥味。

他望着海面，期待着小胖能从海里钻出来，但是没有，小胖消失了，它没有再次出现在富春的视野里。一条鱼上钩了，富春手脚麻利地把它钓上海冰，扔进小桶里。他深呼吸了一下，忽觉心神一震，眼前竟是那么辽阔那么壮美的景色，波动的海面在阳光的照耀下，金鳞万点。

因为大批的阿德利企鹅下海，近海的这块区域鱼都跑了。那天富春没钓到多少鱼，小桶里二十来条，每条鱼只有大约二十厘米长。这些寒水鱼在冰冷的海水中长得很慢，每年只能长几毫米，算下来，小桶里的鱼加起来也有个几百岁了。可这几百岁只能支撑一周。富春忧心忡忡地收拾钓具，起身回家。

如意在家收拾了一会儿，然后茫然地望着窗外。

她回过神来，去屋外舀了一盆雪，回来打开天然气化了。她拿起装过期大米的口袋，倒了一点在锅里，想了想，又倒了点，米口袋空了。

如意把口袋底朝天地拍了拍，最后几粒米掉进锅里。

米吃完了。

如意打开火，微弱的火苗跳动着，天然气也快用完了。

如意咳嗽了一声，她弯下腰，吐出了一颗牙。

她攥着这颗牙，愣了一会儿，轻轻摇了摇另外几颗牙，发现都松动了。

如意坐回床边，伸手摸了摸额头，发现是滚烫的。

如意很久没有照过镜子了，她拿起那个当作镜子用的罐头盒，震惊地望着里面那张苍白憔悴的脸。毫无预兆地，一股鼻血流了下来。如意抹掉鼻血，仰头坐了一会儿。鼻血不一会儿止住了，如意站起身，走到灶台边，望着锅子下面微弱跳动的火苗。她很清楚发生了什么。

坏血症，这是由人体缺乏维生素 C 引起的。

富春低着头，倔强地走在一望无际的南极大陆上。他爬上一座山，一个人坐在山巅上，望着眼前一望无尽苍茫的白色冰原。

他的胡子上是冰碴，眼睛里满是绝望。

"有人吗？"他朝着南方喊。

"有人吗？！"他更大声地喊。

"有人吗？！！"他声嘶力竭地喊。

荒芜的冰原沉默着，风带走了他的声音，直到世界尽头的渺茫之处。

空气太干燥，少量的水分结成晶粒，纷纷扬扬洒落。一闪一闪的，像是钻石的点缀。

他猛地伸出手指着远方，挑衅南极道："你想怎么样？"

风停了。

"来！"他大叫一声。

世界一片寂静。

"来弄死我啊！有种就弄死我！来吧！"他大声怒骂南极。

"啪"，一坨贼鸥粪掉在他脑门上。

他叹了口气，抹掉脑门上的屎，看了看表，举起扫帚，起身往回走。

又"啪"的一声，扫帚被一只飞近的贼鸥啄了一口。

他停下脚步，怒视着那只贼鸥。

公贼鸥飞回不远处的一块石头上，仰起头，扇动着翅膀，冲富春大声叫起来。这只公贼鸥太大意了，它暴露了窝的位置。富春眼睛一亮：他发现了贼鸥窝。

以前富春也曾花力气找过贼鸥窝，贼鸥蛋和小贼鸥都是他眼中的美味。但贼鸥很鬼，一般情况下它的窝总是隐藏得很好，今天富春终于发现了一个。

他放下登山包，向贼鸥窝摸过去。

守在窝里的母贼鸥发现暴露了，开始凄厉地鸣叫，公贼鸥气急败坏地向富春发动起攻击。

富春沉着冷静地举起扫帚，慢慢靠近贼鸥窝。两只贼鸥都疯了，玩命地大叫起来。富春走近贼鸥窝，凶狠呼喝着，将扫帚伸到母贼鸥面前，用扫帚毛去顶它的喙。他想把它吓走，抓只肉乎乎的小贼鸥回家清蒸。

母贼鸥惊恐万分，却始终没有挪窝，死死护在小贼鸥身上。

公贼鸥开始玩命地轮番攻击，它拼了。

富春一只手高举起扫帚，另一只手从兜里掏出瑞士军刀向母贼鸥挥舞起来，他也拼了。

公贼鸥在第一轮攻击中狠狠啄了几口扫帚，接着筋疲力尽地在旁边一块岩石上休息了一会儿，然后开始了义无反顾的第二轮进攻。这一次它开始用锋利的爪子抓扫帚。

富春有点心虚，用力挥打扫帚。公贼鸥怪叫一声，飞离片刻，紧接着开始了近乎疯狂的第三轮进攻。

公贼鸥攻击时，母贼鸥死死护着窝。趁着母贼鸥调整身体姿势时，富春瞥见了那只小贼鸥。它早已死了，已经成了一具风干的尸体。

母贼鸥凄厉鸣叫，无畏地守护着这具小尸体。

在这片贫瘠的白色大地上，富春举着扫帚，放下刀，凝望着眼前的一幕。

凄厉的鸣叫，誓死的保卫，爱情的忠诚，生命的不弃和一冲霄汉的敢死雄心。

富春转头离去，他身后胜利的公贼鸥骄傲地挺起胸膛，昂着头，展开翅膀，继续大声鸣叫着。

富春折起刀，放进兜里，加快脚步离开这个悲情之地。他心里堵得慌，越走越快，最后跑了起来。

富春气喘吁吁地打开门，回到了小屋。

"你回来啦。"如意坐在床上，浑身微微颤抖着，脸色白得吓人。

"我回来了。"富春道。

如意额头上全是冷汗。

"小胖怎么样了？"如意问。

"没良心的扑通一声跳进海里，头也没回过。白养了。"富春道。

如意莞尔道："谁让你老捉弄它。"

"你怎么了？"富春指着如意的嘴惊问。

"今天掉了一颗牙。"如意捂住嘴唇道。

富春走近她道："张开嘴，我看看。"

如意坐在床上捂着嘴摇头。

富春没商量，抓住如意的手，慢慢把她的手拉开，如意抬头望着富春。她笑了笑，露出下面那排牙齿间的一个黑洞。

"坏血症。"如意道。

"怎么会？"富春问。

"缺维生素 C。"

"得吃什么？"

"得吃蔬菜。"

沉默。

"会怎么样？"富春问。

"牙齿会一颗一颗掉光,变成一个没人要的老太婆,还是个死瘫子。"如意答。

"活瘫子。"富春再次纠正,他端起放在桌上的那碗粥,稀里呼噜地喝起来。

"如果可以的话,我希望一直在这儿待下去。"如意轻声道。

"你怕没人要你?"富春问。

如意低下头。

富春喝完粥,意犹未尽地舔了舔碗。

他拍拍肚子,站起身,走到如意床前。

"荆如意!"

"干吗?"如意吓了一跳,抬起头望着他。

富春面对着如意,神色凝重得令人肃然。

他指着如意身边的一个枕头,道:"荆如意,你愿意在上帝的指引下,从今以后始终爱着高穷帅,尊敬他,安慰他,关爱他并且忠诚地对待他吗?"

如意的眼睛慢慢湿润了,"我愿意。"她道。

富春转向那个枕头,"高穷帅,你愿意在这个神圣的婚礼中接受荆如意作为你合法的妻子,在上帝的指引下,从今以后始终爱着荆如意,尊敬她,安慰她,关爱她并且忠诚地对待她吗?"

如意望向枕头,枕头沉默着。

富春抓过枕头,挡在自己脸面前,双臂交叉在枕头前。

如意透过泪眼看到那个枕头好像活了过来,有手有脚还会说话。

"我愿意!"枕头道。

如意扑哧笑出了声。

富春也笑了。他看到桌上的针线包，还是上次如意为他缝制胸罩墨镜时用的，里面有枚金色的顶针箍，富春把它拿了出来。

"如意。"枕头举起顶针箍。

如意望着枕头，一时惘然。她缓缓伸出了左手。

富春愣了愣，扔掉了枕头。

圣母玛利亚和观音菩萨望着他俩。

这似乎已不再是个玩笑，富春鼓起勇气，郑重地为如意戴上了一枚金色的顶针箍，左手无名指，尺寸正好。

如意轻轻擦去溢出的泪水，露出牙洞笑了。

富春凝视着如意道："无论环境是好是坏，是富贵是贫贱，是健康是疾病……无论你还剩几颗牙，无论你是不是瘸子，无论你是长发还是短发，无论你多久没洗澡是香的还是臭的，我都会爱你，尊敬你并且珍惜你，直到死亡将我们分开。"

此刻广阔天空正弥合着苍茫大地，蓝色在上，白色在下，而下降风正在湛蓝的天空中拖出四面八方辐射状的洁白云带。

骄阳如梦，西风如歌，四野八荒，尽是浓情。

房间里安静下来，俩人沉默了一会儿，窗外传来贼鸥的叫声。

这时柴油发电机停了。

外面那让人安心的嗡嗡声消失了。一种难以言喻的寂静笼罩着小站。可怕的寂静蔓延着，变成沉重的寒气，压向两人。

"柴油用完了。"富春喃喃道。

"米也吃完了。"如意道。

"真的能活着回去吗?"如意问。

"算命的说过,我会大富大贵子孙满堂地死在一栋豪宅里。"富春答。

富春爬上床,裹紧被子,屋子里正变得越来越冷。

"富春,生命究竟是什么?"下面问。

"别问我这种高难度问题。"

"回答我。"

"生命嘛……"上面陷入沉思,"有一次我问过给我装修房子的工头这个问题,他说得特别有道理。"

"他怎么说的?"

于是富春模仿起那个工头的家乡口音道:"人生,就是赚钱,起房子,娶女子,劈腿,生娃。"

"然后呢?"如意问。

"再赚钱,再起房子,再劈腿,再生娃。"

"再然后呢?"

"再然后生命就结束了。我死球了。"上面总结。

"你个俗人怎么就那么俗呢?"下面感慨。

"老子没法雅如秋叶之静美,只能俗如夏花之绚烂。"

"不错哦吴富春,看好你,保持住哦。"

"你说说看,生命是什么?"上面问。

"生命嘛……"下面陷入沉思,"生命就是四种核苷酸,三个一组,六十四种排列组合,变成二十种氨基酸。归根到底,生命就是这四种核苷酸的来回折腾。"

"构成生命的就只有四种核苷酸吗?怎么那么少?有没有第五种?"上面问。

"没有。"下面道。

"神啊,请保佑我们的四种核苷酸。"上面感慨。

五天过去了,货架上最后一听罐头也吃完了。

接着,酱油、糖、醋等调料也用光了。

除了一点天然气、一点盐、富春钓上来的一些鱼以及半只贼鸥,他们什么吃的都没有了。

CHAPTER

13

整整一上午,富春只钓上来十几条鱼。他忧心忡忡地望着这一小堆鱼,担心如意的坏血症会越来越重。

富春骂了声晦气,把渔具和鱼收拾好,起身沿着小站北边的海岸线走。他想换个地方转转运气。

这条海岸线他来过很多次,冰雪覆盖时,他并不敢走得太远。现在进入了南极的盛夏,海岸线周围的冰雪都化了,露出了黑褐色的沙砾地。富春沿着海岸线一路向东走去,边走边观察着四周,希望能找到一块伸入海中的岩石,以便爬上去朝水深一点的地方下钩。

他气喘吁吁地沿着海岸线走着,边走边聊天。

"富春,别垂头丧气,换个地方就能钓到鱼。"他鼓励。

"你骗谁都行,就是别骗自己。"他叹息。

富春爬上一块岩石,手搭凉棚向东远眺。远处一副巨大的鲸鱼骨架映入他的眼帘。

他走到鲸鱼骨架跟前,发现这副完整的骸骨已经石化了。

富春孤零零地坐在鲸鱼巨大的头骨边,望着海。

"得想想以后的事了,如意的病越来越重了,昨天她又掉了一颗牙。"他道。

"呜……"风从鲸鱼的头骨窟窿里吹出叹息。

"你什么意思?"他问。

"它的意思是选个好地方。"他答。

"呜……"鲸鱼骨架应声。

富春离开鲸鱼骨架,低着头踢着石子往前走,忽然一道七彩的阳光照亮了他的脸。

他停下脚步,发现周围的光芒竟变得梦幻起来。他抬头看天,发现太阳周围居然出现了一圈七彩的光晕。

他望向大海,海面万点金鳞,天空一碧如洗。

他心想自己以前是见过这里的。

这一刻他忽然感到一种深刻的归宿感,他张着嘴,望着金光游动的海面上挂着一轮七彩太阳。他越来越确信这块地方他以前来过,或是在梦里见过。他梦游似的在四周逛了一圈。

他环顾片刻,发现身后是一小片岩石环绕的空旷地,地上的冰雪化了,露出黑色的沙砾。

他放下登山包,重重坐在一块平坦的海边岩石上。他感到一种难以形容的平静——这儿太美了。

晚上富春用融化的雪水煮了几条鱼,放了点盐,俩人凑合吃着。富春见如意把鱼骨头吐了出来,瞪了她一眼,如意捡起桌上的鱼骨头皱着眉头嚼了。

"我的病是缺维生素 C，不是缺钙。"如意嘟囔。

"钙多点长骨头。"富春低头啃鱼道。

"明天继续？"如意问。

富春把鱼头扔进嘴里，嘎吱嘎吱用力嚼着。

如意笑了，道："换了别人早放弃了。"

富春鼓励道："放心吧，我一定能找到极光站。只是时间问题。"

如意笑了笑，用手捂住嘴，过了一会儿道："你每天都这么说。"

第二天，富春把冰镐绑在登山包上，装作信心百倍的样子出发了。如意发现他今天没有从圣母玛利亚拜到观音菩萨再拜到弥勒佛。富春走出如意的视线后，就自个游荡去了。

他低着头，踢着雪，向着海岸线的方向怠懒地走着，这一段路并不远，大约十分钟就走到了。他没有再向北去，而是走向昨天那块不错的老地方。

他大约又走了十分钟，来到老地方，放下登山包，点了根大雪茄。还剩两根。

他惬意地吸了几口，悠悠吐着烟，望向远方海面上缓缓移动的冰山。

抽完雪茄，他站起身，搓搓手，从登山包上解下冰镐开始挖地。毕竟是冻土，冰镐下去一个白点，他干劲十足地挖了一上午，才挖出一个一米见方的浅坑。

他坐在小坑上，遥望着大海，确保坑这里的视线是完美的，然后起身继续挖。

他兴致勃勃地挖着，时不时停下横竖打量一番，犹如在创作一件艺术品。

这时他感觉有人站在身后，背后一凉，惊悚地转身，见一只肥硕油亮的企鹅站在身后五米处。

"小胖？"他伸长脖子，不敢相信地问。

"耿耿耿。"

就算把富春扔在一个只有企鹅的星球上，他也能从所有的耿耿耿中一耳朵听出哪声是小胖发出来的。

"小胖！"他指着它叫。

小胖拍拍鳍，开心地摇晃起脑袋，发出开心的耿耿耿。

就这样，富春挖着坑，小胖站在一旁看着。

"最近过得怎么样？"富春问。

"耿。"得意。

"如意病了。"富春气喘吁吁地继续挖，"柴油也用完了，吃的也快没有了。过些天，等天然气用完，咱就回到原始社会了。"

"耿耿。"低落。

富春想起什么，放下冰镐严肃地对小胖道："这里是个秘密，明白？"

小胖严肃地望着富春，不吱声。

富春继续挖，"还好你不会说话，我觉得你是那种守不住秘密的家伙。"他嘟囔。

"耿。"同意。

富春又挖了些冻土出来，他累了，坐在石头上喘了会儿气。

他望着不远处的鲸鱼骨架琢磨了一会儿,然后跑过去,使出吃奶的力气把一根巨大的下颚骨拖到坑前面,竖了起来,如同墓碑一般面朝着大海。

"这个你就不懂了吧!"富春得意道。

"耿?"疑问。

"这样如意就能每天见到大海了。"富春直起腰,望着远方。

那天晚上富春回到小屋。

"你回来啦!"如意放下书,拿过拐杖起床。

"我回来了。"富春道,脱去外衣,坐在饭桌边等着开饭。

如意一跳一跳地来到灶台边,打开火苗微弱的天然气。

"已经煮熟了,再加加热就好了。"

如意打开锅盖,往里面加了点盐。

"今天怎么去了这么久?"如意问。

"遇到一座山,爬山花了些时间。"富春答。

如意道:"辛苦你了。"

富春心头荡过一阵暖流。

吃饭时如意悄悄把腥味很重的鱼骨头吐了,她惊讶的是,富春竟然没有阻止她。

"喂!你今天怎么了?"如意问。

富春笑了笑。

"富春,你今天不正常。"

富春道:"没事,就是累了。"

如意见他灰头土脸的,问:"你今天到底去哪儿了?搞得这一身泥巴？"

富春道："今天走到一个特别美丽的地方，特别美，都不想走了。"

"等我腿好了，带我去看看。"如意道。

富春微微一颤。

"那地方你一定会喜欢。"他抬起头，对如意道。

如意吐了个舌头，道："想约我啊，没这么容易。"

晚上富春趁如意睡着悄悄爬了起来，俯身看了如意一会儿，还轻轻叫了两声，确信她是睡着了。

他伸出一只手，慢慢地放在如意的脸上。

如意闭着眼，呼吸变得紧张起来，鼻翼轻轻翕动着。

"如意？"富春停下手，轻轻叫。

如意没反应。

于是富春张开手掌的虎口，用木匠丈量木头长短的专业手势，开始一巴掌、一巴掌地丈量如意的身长，就这么把如意从头到脚量了一遍。

然后他轻轻爬回上铺，闭上眼睡了。

不一会儿他打起了呼噜，如意缓缓睁开了眼。

就这样，富春在那块老地方干了三天，挖出一个近两米深、两米长、一米半宽的大坑来。

他挖好后自己先跳进去躺了一会儿，觉得相当不错，又把身子下面几块不平的地方铲平了，再次躺下，仔细检查。

当富春在挖坑时，如意拄着拐杖，第一次自己走出了小站。

她闭上眼，静静体会着这片纯净大陆的气息。她深呼吸，第一次用心感受南极的味道。风吹乱了她的头发，她睁开眼，望着富春留下的那行脚印。

小胖站在坑的边缘俯视着富春。

富春双手拢在胸前，端正地躺在坑底，仰视着天空。

"以后你就到这儿来看我们，顺便抓几条鱼来，这叫祭品，明白？"富春躺在坑底对它道。

小胖抬起头开心地拍拍鳍，发出非常快乐的欢叫声。

"傻瓜，总有一天，你得学会悲伤。"富春道。

这时富春看到一个剪影，是个人头，逆着光，慢慢从坑边探出来。

富春发出一声惊天地泣鬼神的号叫，整个人原地蹦起三尺高，然后他贴着坑蹲下，浑身哆嗦着打量那张探出来的脸——是如意。

傻了。

富春灰头土脸地爬出坑，低着头站在如意面前。

如意拄着拐杖，气喘吁吁，她是顺着富春的脚印找到这里的。

如意盯着富春看，富春继续低头站着。

如意抬头望向面前的大海。

大海平静地起伏着，像是世界的胸膛。涛声博大，浪迹天涯。

"多美啊。"如意平静道。

富春抬起头。

"所以你放弃了。"如意回头望着富春。

富春鼻子一酸，倔强地仰起脸，望着天。

如意放下拐杖，坐在岩石上，望着大海。

"为什么你不哭呢？有时候哭一场，心里就舒服了。"

富春继续瞪着天。

如意回头望着富春,神色非常平静。

"其实挺好的,你只是挖了一个坑。我怎么会说你呢?你太苦了。"

富春拍了拍僵硬的脖子,低下头望向远方。

俩人就此沉默,涛声澎湃,他俩一起望向远处绚烂的天。

"富春……"如意迎着纯净海风,拢了拢一头短发。

富春放下冰镐,坐在如意身边。

"你这是想坑我呢,还是想坑你自己呢?"她问。

俩人一起笑了。小胖在一边快乐地叫唤起来。

如意招招手,小胖走近如意,离两步远,站定了。

这是很美好的一刻,南极,日不落,清风,大海,天空,一家三口看夕阳。

"背首诗给我听吧。"富春道。

如意想了想,道:"有个诗人叫海涅。"

"哪儿人?"

"德国人。"

"德国货可以。"

于是在盘古开天辟地之后,在冰冷了很久,寂静了很久之后,在世界尽头的这片海滩上,回荡起了一首诗——

北方有棵松树,

独立在荒凉的山上,

它沉睡着，
冰和雪给它裹起白衣裳。
它梦见一棵棕榈，
长在遥远的南方，
在灼热的岩壁上，
孤零零地默默忧伤。

涛声渐起，天地深沉，远方无尽，此刻永恒。

如意捋了捋被风吹乱的头发。

"富春，这个地方很好，我喜欢这里，但我的身边没有你的位置。"

富春的心像是被刀割一样。他一直以为心痛只是一种修辞方式，直到现在才知道，心真的会痛。

富春道："我挖了一个大坑，足够坑咱俩的。"

如意道："我不答应。"

富春道："我累了，走不动了。"

如意沉默了一会儿，缓缓把头靠在富春肩上。

富春深呼吸了一下，继续望着远处的海面。

如意柔声道："富春，你不会留在这里的，我不让你留在这里。你一定要回去，很多年以后，你要大富大贵子孙满堂地死在一栋豪宅里。我不许你在这里陪我。"

富春抬起头，望着眼前的大海。

如意转动着无名指上的顶针箍道："这是咱的信物，也许有一天，当你看到这个顶针箍时，我已经在这儿睡着了。也许有一天我不说再见，咱俩就这么永别了。"

"富春！"如意道。

富春站起身望着大海，风吹起他茅草一样的乱发。

"你一定能找到极光站！"如意大声道。

富春握紧拳头。

富春背对着如意蹲下，道："咱们回家吧。"

那天，富春再一次背起了如意。

小胖神情凝重地站在坑边，望着俩人离去的背影。

富春走得很扎实，一步一个脚印地往回走。

如意趴在他的背上，闻着他身体的气息，轻轻闭上眼。她想起当初这个男人就是这么背着她，翻过了六座山，躲过一场暴风雪，找到了现在的家。

那天富春煮了最后的几条鱼，而如意大笑着，不再用手捂住自己缺牙的嘴。

他们不知道说了些什么，总之很快乐，不停地说着，笑着。

如意间或咳嗽一会儿，咳完虚弱地靠在床上，看着富春。

晚上俩人躺下后，富春拍了拍床板。

"对不起，浪费了整整三天。"上面道。

"每一件事，每一个人，都有它不可替代的意义。"下面道。

"那你说，这个坑的意义是什么？"上面问。

如意悄悄擦去流下的一股鼻血，她的坏血症已经很严重了。

"这个坑的意义是你放下过。有时候，放下是需要勇气的。很多人说能拿得起放得下，其实是因为他们从来没有拿起来过。"下面道。

富春坐起身，静静环顾着这间小屋。

这间小屋已经和一开始的时候不一样了，它不仅仅是一个躲避风雪的避难所，还拥有了那些女人的心思——它化身为一个家了。

桌子上有如意做的杯垫，窗帘上的窟窿被仔细缝好了。灯泡被擦过，地板也很光亮。货架上那些锅碗瓢盆都很干净，摆得很整齐。

富春逐一望去，好像看到一个姑娘正孤单地站在异乡车水马龙的街上，仰望着壮丽的极光。

"如意，如果明天得救了，你回去后会做些什么？"上面问。

下面想了一会儿，答道："好好生活。"

富春爬下床，拉上窗帘，关了灯，点燃了唯一的一根蜡烛。

"点什么蜡烛啊，太浪费了。"如意道。

富春翻出他从如意防水箱里带来的那瓶酒精，倒了两杯。

他坐在如意床上，和如意肩并肩地靠在床头，递给如意一杯，自己一杯。

然后他从兜里掏出一根雪茄，在蜡烛上点燃了。

富春抽了口烟，喝了一口酒精。

如意也喝了一口。

"回去了，还能喝到这么好喝的酒吗？"富春问。

如意眼睛湿润地望着他，摇了摇头。

富春把抽了一小半的雪茄递给如意，如意接过，抽了一口，忍住没咳嗽，把烟递给富春。

富春接过烟，抽了一口，俩人一齐缓缓吐出蓝色的烟雾，一起望着烟雾形成美丽的形状,飘荡在烛光微弱的小屋里。

"富春,我快不行了。我死了,你就不用再照顾我,其实你一个人更容易找到救援活下去。"她道。

"不会的,明天我就能找到救援了。"他道。

如意沉默了一会儿,喝光杯子里最后一点酒精,把头靠在富春的肩膀上。

"真好啊。"她感慨。

俩人再无声息,难以形容的寂静中,只听到对方的心跳声。

富春在烛光中环顾着,没有暖气的冰冷小屋里,每一件东西都散发着家的温暖。

"把你的衣服递给我。"如意道。

富春把长凳上的冲锋衣递给如意。

如意拿出小针线包,开始缝补肩膀处的一道裂口。

富春望着烛光中缝衣的如意道:"庄子的那句话,说反了。"

"什么?"如意问。

"相忘于江湖,不如相濡以沫。"富春道。

如意手中的针线顿了一顿,没有回应,继续埋头缝补这件千疮百孔的冲锋衣。

她咳嗽了一下,针戳破了左手的无名指,一滴血在如意指尖聚集起来。

富春抓过如意的手,慢慢将如意凝聚着血珠的指尖含进自己的嘴里。

他轻轻吮着如意冰冷的指尖,如意静静凝望着他。

"富春,我有个大胆的想法。现在是南极的夏季,你已经知道接近极光站的位置了。如果你多带点吃的,如果你不再每天花六个小时回来,而是拼尽全力,哪怕几天几夜在那附近搜索,你是能找到极光站的。"如意道。

"我得回来。"富春道。

"就快成功了,别再浪费体力回来了。"如意道。

"我得回来!"富春道。

"我不想再拖累你了。"如意道。

那天晚上,如意缝补着富春的冲锋衣,缝完后轻轻抱起,双手插入衣兜里。

窗外的风唱起歌来。

那是一股从海面吹来的暖湿海风,它积聚力量,试图与南极狂风抗衡。

两股风相撞了,小站成了狂风激战的阵地。暖湿海风一开始胜利了,下了会儿鹅毛大雪。但片刻后南极狂风又卷土重来,前锋征服了暖湿海风,翻起乌云,卷起冰晶。

一万六千年来,它主宰着这里,卷走积雪,扯开冰川,穿透石头,撕裂大地。

房间里的温度降到只有三四度,俩人一起打着冷战。

"咱俩睡一个被窝吧,实在太冷了。"富春道。

如意抬起头,凝望着他,哆嗦着。

"放心吧,都穿着衣服,就是取个暖。"富春道。

俩人的肚子一起咕咕叫起来。

"你不会吃了我吧?"如意问。

"不会,我只想吃富含维生素 C 的。"富春答。

那天晚上富春第一次睡进了如意的被窝。

他俩还醒着的时候是背对背的,睡着了就渐渐面对面了。

在富春的呼噜声里,如意安心地睡着了。

她睡得很踏实,也很温暖,头埋在富春的胸膛里。

他俩成了即将干涸之处的那两条鱼,相濡以沫地用体温温暖着对方。

CHAPTER

14

第二天富春很早就起床了。

他穿好衣服,放了两条煮熟的鱼在保暖壶里。

他在圣母玛利亚和观音菩萨面前拜了拜,转向如意,如意捂着嘴笑了笑,从衣服里掏出翡翠弥勒佛,富春朝弥勒佛拜了拜。

如意靠近富春,抬起头望着他,金色的阳光照亮了他的眼睛。她凝望着他眼中的金色光芒,解下碧绿的弥勒佛,挂在了富春的脖子上。

笑眯眯的弥勒佛带着如意的体温,贴在富春心口的肌肤上。

富春打开门走出小屋,外面凛冽的寒风让他精神一振。

如意站在门口送他。

富春回过头对如意道:"等着我。"

如意拄着拐杖,倚在门框上,点点头道:"我等你。"

富春走了两步,又回头望着如意。如意拄着拐杖,倚在门边望着他。

富春转头向南大步走去。

如意回到屋里，静静环顾四周，拿了一块抹布擦了擦桌子。

她哼着小曲，收拾起小屋，把瓶瓶罐罐都摆放整齐。

她拿开枕头，赫然露出一排"正"字。

她凝望着床头上这排刻下的"正"字，用一把勺子又刻上了一道。总计十五个。

她的指尖缓缓摸过第一个"正"字——

"让我死吧！"那是他背着她翻过六座山时，她在哀求他。

指尖颤抖在"正"字上——

"开恩啊！"那是富春背着她在暴风雪中的嘶吼。

指尖缓缓拂过后一个"正"字——

"谁都不会知道的。"那是富春在为她接骨，为她端屎倒尿。

指尖凝滞在"正"字上——

"我能找到！"那是她告诉他三十公里远处有极光站。

指尖继续摸过下一个"正"字——

"你能体会到那种伟大的情怀吗？"

"不能。"

指尖下的"正"字在阳光中反射着光芒——

"太阳怎么可能从南边升起来？"

"晚上煮个企鹅骨头汤给你喝。补钙！"

指尖一路摸过去，停留在那个"正"字上——

"你怎么没死？"

"因为你不让我死。"

指尖接着拂过"正"字——

"你别气我！"

指尖停在这个"正"字上——

"如意！！！"瞎了的他边爬边吼。

"富春！！！"她哭着答。

微微颤抖的指尖继续启程——

"趁着我瞎了，你可以洗个澡。"

"剪！"

一大束长发飘落在地。

指尖缓缓抚摸着那一道刻痕——

"冲两大杯奶粉再加沙丁鱼罐头怎么样？"

"再煮一罐豆子！多加盐，盐水豆子！"

"大爷的！豁出去了！"

"再烧一锅饭！我是认真的！是饭不是粥！"

"饭里拌点酱油！豁出去了！"

指尖没有停下——

"一定，要活下去！"她在他耳边道。

那是赤裸的她抱着快冻死的他。

指尖震动了一下，离开了这个"正"字——

"你死了，我怎么活？"

指尖又回去了——

"回来啦！"

"回来啦!"

指尖一个个"正"字抚触下去——

"你要吃小胖的话就连我一起清蒸了吧……"

指尖没有放过任何一道刻痕——

"算咱俩的,怎么样?三七开!"

"你个财迷,你真舍得?"

指尖停下——

"相濡以沫,不如相忘于江湖。"

指尖颤抖起来——

"无论环境是好是坏,是富贵是贫贱,是健康是疾病……无论你还剩几颗牙,无论你是不是瘸子,无论你是长发还是短发,无论你多久没洗澡是香的还是臭的,我都会爱你,尊敬你并且珍惜你,直到死亡将我们分开。"

指尖平静下来,徘徊在那个"正"字上——

"你这是想坑我呢,还是想坑你自己呢?"

指尖轻轻摸向最后那个"正"字——

"相忘于江湖,不如相濡以沫。"

如意的指尖缓缓离开了那一排"正"字。

广袤的南极大陆上,一个小黑点在缓缓移动。

他走了大约一小时,就实在走不动了。他太虚弱了,饥饿让他头昏眼花。他抬腕看了看表,痛苦地咧了咧嘴,还要再走五个小时。

他从上午一直走到中午,然后一座积雪消融、露出许多褐色岩石的山横在他面前。风停了,世界寂静得让人失去真实感。富春拿出保暖壶，倒出一条鱼吃了。眼前这座山布满了各种各样奇形怪状的石头，没有一点绿色。死寂沉沉的天地间，富春独自往上爬着。山上白色的积雪反射着耀眼的阳光，他戴上胸罩墨镜，吃了一口雪，艰难地继续向上爬去。

"富春！你得咬咬牙！她就靠你了！"他提醒道。

"明白！"他咬牙道。

他爬上这座山，眺望着远方，远方一无所有。

他垂头丧气稀里哗啦地下了山，迤逦向南而去。

他一直走到下午，终于累得跪倒在地，不能再动一下。

他抬起头，又一座高山横在他的眼前。

他抬起手腕看表，发现已经过了六个小时。

"富春，时间到了，今天是没希望了，回去吧。"他妥协了。

他叹了口气，起身往回走去，走了几步，又不甘心地回头望那座山。他的双眼布满血丝，脸被紫外线晒得黝黑油亮。

油尽灯枯之际，他的浑不吝被山的傲慢弄醒了。

他慢慢转过身，恶狠狠地盯着这座山。

"了不起啊？"他冲山吼。

"了不起啊……"山回答。

富春伸出手，指着山。

山风呼啸，仿佛在威严而轻蔑地嘲笑着他。

他盯着山，慢慢盘腿坐下。他抬头继续盯着这座山，打开保暖壶，拿出另一条鱼，一口口吃了起来。

他成了一头野兽，边吃肉补充体力，边盯着这个雷神般的巨人。

"富春，这么高的一座山，能看得很远，今天你必须爬上去看看。"他怂恿道。

他点点头，如即将出征的死士般盯着前方。

他站起身，如无畏金刚般向山拍了拍自己的胸膛，"啊！啊！！啊！！！啊！！！！"

天地间回荡着他的粗野号叫。

继续前进。

他开始攀登时觉得自己还有体力，爬到半山腰就彻底歇菜了。极度的体力透支，长期的饥寒交迫，终于让他眼前一黑，昏了过去。

富春醒过来时看到那个金色的女人又来到了他身边，用金色的光芒裹住了他。

他揉揉眼睛，伸手想去摸这个女人。

"真暖和……"

金色的女人向他伸出双手。

"带我走？"

女人点点头，继续向他伸出双手。

富春心里浮上一种解脱，"你是死神吗？"

女人用深邃的声音唱起一首悦耳的冥歌。

"哎……原来死神这么美。"富春爬起身望着她道。

女人带着温暖的金色光芒飘回富春身边，抬起模糊的脸看他，向他做出如舞者邀请般的曼妙身姿。

天地瞬间灵动起来，金色的女人竟分身为上百个幻影，跳起如痴如醉的死亡之舞，唱起震动人心的美妙冥歌。

富春不再感到寒冷、饥饿，一种安宁温暖慢慢盈满了身躯。

"富春！"有人叫他，是如意。

他回过头，看到如意倚在门口，拄着拐杖，望着他。

"我等你回来。"她道。

上百个金色的女人纵声歌唱起来，那歌声竟是如此壮美，壮美到人世间所有的情感在它面前都是渺小的。

天空中洒满了紫色的极光，女人在极光中化作一捧金色的光芒。

"富春，我等你回来。"如意倚门道。

轰一声，这一捧金色的光，炸开成千百万道。

上百个金色的女人一齐飞舞起来，那舞姿竟是那么壮丽，壮丽到人世间所有的容颜在它面前都黯然失色。

"如意。"他叫她。

死神的歌舞顿时停止了，上百个金色的舞者重新汇聚成那个金色的女人。她抬起面容模糊的脸，静静望着富春，发出一声宽厚深情的叹息。

"如意！"一股热血在富春的心尖炸开，如炽热岩浆瞬间燃遍四肢百骸，带着不顾一切的悲伤，带着决绝和明了，将生的情怀重新注入他的肉体。

富春再次醒过来，刚才的温暖安宁消失了，刺骨的寒冷、剧烈的饥饿感刺激着他。他抬起手腕看了看表，自己昏迷了三个小时。

他艰难地站起来，抬头望着遥远的山顶，腿肚子在抖。

"富春！怎么样？"他屌自己。

"操！"他屌南极。

然后他手脚并用地往上爬去。

他爬了大约半个小时，终于登上了山顶。

放眼望去，他面前是一片巨大的冰原，除了石头和冰雪，什么都没有。一只雪燕凄婉鸣叫着飞过他身边，飞向茫茫未知的远方。

他愣愣地站了很久，直到腿麻了。

"回吧。"

乱石嶙峋的山头上，他点点头。

他想挑一条方便些的路下山，于是绕过山头的一块巨岩，想看看后面的路是不是更平坦一些。

绕过巨岩时，一面国旗毫无预兆地出现在他的视野里。

正前方。

山下大约一公里处。

一面国旗在飘。

富春在两分钟的时间里凝固了大约一万年，然后瘫倒在地。

他靠在那块巨岩上，微微颤抖着，静静地望着风中那面飘舞的国旗。

剧烈的南极风已经吹破了国旗的边缘，残破的国旗在风中猎猎鼓荡。

他凝望着那面国旗，世间崩塌，宇宙不再，只有那面国旗在风中飘舞。

他又在五分钟的时间里坐了大约两万年。他哆哆嗦嗦摸出最后一根雪茄，用防风打火机点燃了。

经历了两个多月的极地探险后，吴富春终于找到了极光站。

他头靠着巨岩,半躺在地上,默默抽着最后一根雪茄,目不转睛地凝视着那抹鲜红。

绝望,希望,汗津津的生命。

饥饿,寒冷,静悄悄的小站。

生死,命运,疯癫癫的奔走。

不离,不弃,傻乎乎的希望。

他在两个半月的时间里仿佛经历了一世,往事一幕幕的浮现在眼前。

富春抽完这根雪茄,摇摇晃晃,朝着国旗站起身。

富春走近极光站时,站在国旗下仰望了很久。

边缘已经被风扯碎的红色国旗悲壮地飘扬在南极苍穹下。

"富春,这就是如意说的那种伟大的情怀吗?"他仰视着国旗问。

"是的,这就是她说的那种伟大的情怀。"他仰视着国旗答。

雪地里传来嘎嘎嘎的脚步声,富春转头,看到一群穿着橘色连体服、胸口印有国旗的中国南极科考队员向他跑来。

富春再也说不出话,呆立在一群围向他的科考队员中间。

这群科考队员无论如何不敢相信自己的眼睛。在世界尽头,忽然从雪地里冒出一个南极流浪汉。他戴着顶脏得看不出颜色的绒线帽子,一件黑色的蕾丝胸罩耷拉在脸上,胡子拉碴,脸被紫外线晒伤,脖子上系着一条粉红色的女人丝巾,脚上穿着一红一灰两只不同的鞋子,背着一个破破烂烂的登山包,包上系着一把伤痕累累的冰镐。他张开嘴想说什么,却只发出沙哑的嘶吼声,过了好一会儿才爆发出人类的语言。他挥着手,手腕上系着一块昂贵的金表。

富春被围在中间，声嘶力竭地边说边比画。围着他的一群橘色科考队员不时发出"哦"的一声，互相议论着什么。接着两名科考队员跑进站里，不一会儿，一辆小型全地形车开了出来，富春先跳了上去，跟着是五个科考队员。

全地形车咆哮着向东方冲去，留下雪地上的两排履带印子。富春紧紧抓着栏杆，风吹着他结满冰碴的胡子。

那天下午，全地形车开到了小站所处的那座山下，富春紧紧握着栏杆，望着前方。

"在哪儿？"一名科考队员问富春。

富春梦游似的站起身，缓缓举起手，指着前方。

全地形车刹车停下。

"在哪儿？"另一名科考队员问富春。

富春从车上跳下，没站稳，摔在雪地上。

他颤抖着抬起头，怔怔看着前方。

"哪儿？"又一名科考队员跳下车扶起他。

富春哆哆嗦嗦站起身，面对着前方。

除了一片新诞生的巨大雪堆，那里什么都没有了。

一场雪崩埋没了一切。

富春站在那里，喉咙里发出一种沙哑奇怪的抽搐声。

跟着来的五名科考队员这才明白发生了什么。他们对着那片巨大的雪堆，缓缓脱下了帽子。

这座依山而建的小站被废弃是有原因的——因为雪崩的隐患。

富春这才想起小站背后山头上的厚厚积雪，他这才明白，为何每当仰望那座白皑皑的山头时心中总会飘过一丝不安。

富春转身冲向全地形车,车兜里装着一箱水果罐头。他拿了几听,跌跌撞撞地向小站方向走去。

"别去!危险!"一名科考队员上去拉住他。

富春甩开他,继续往前走,猛地摔了一跤,罐头撒了一地。

他往前爬了十几米,开始刨地。

他刨了几下,发出一声撕心裂肺野兽般的号叫,吐出来一口血。

他很久没有流过泪了,他已经忘了该怎么流泪。

几名科考队员围上来,七手八脚地把他扶好坐在雪地上,其中一个不停用力按摩他的胸口。

富春任由他们折腾了一会儿,突然整个人蹿了起来,爆发出常人难以想象的力量,跳出五个人的包围圈,向小站方向跑去。

他边跑边吼:"我回来了!"

他摔了一跤,就像是最初来到南极时那样,脸朝下埋在雪里。他浑身哆嗦着想爬起来,被五名赶上来的科考队员围住了。

他喘着气,跪在雪地上,头耷拉着,像是会从脖子上断下来。

然后他慢慢抬起头望着前面,一张嘴,呕出一大口鲜血,昏死过去。

富春醒过来时发现自己躺在床上。

他一时惘然,迷迷糊糊翻了个身,拍了拍床板道:"如意,我刚刚做了个特别伤心的梦。"

下面没有反应。

富春睁开眼,坐起身,发现自己睡在一个整洁的小房间里。

窗外是一场新的暴风雪，吹得整栋房子嘎嘎作响。

他神思恍惚地坐了一会儿，发现原来不是梦。

富春望着窗外，这场暴风雪竟是那么大，白色的混沌充盈在天地之间，隔窗望去，只觉得此地已被世界抛弃了。

富春站起身，在屋里踱了几步，拖开椅子，坐在窗前的写字桌边。

"如果你不去挖那个坑，不浪费那三天，她就不会死了。"他道。

他内疚地揪着自己的头发。

"可她死了……"他道。

他怔怔地坐在写字桌前，望着窗外的暴风雪。

"她说过等你。"他道。

小房间里，只有一盏白炽灯亮着。

他坐在苍白的灯光下。

"嗯，她说过会等我。"

然后他的手伸入左边的衣兜里，摸出了那把瑞士军刀。

"叮"一声，有东西掉在地上。

富春没有在意。他缓缓打开锋利的刀刃，右手持刀，左腕从袖子里伸出，对准了刀刃。

他笑了笑，高高举起了锋利的刀。他低下头，正准备闭上眼狠狠一刀割下去时，如意的顶针箍出现在他眼前。

金色的顶针箍静静躺在地板上，在淡淡的灯光下，反射着温情的光芒。

一道闪电劈开富春的脑壳。

瑞士军刀当啷一声掉在地上，掉在顶针箍旁边。他弯下腰，捡起顶针箍。

死被放下,生被拿起。

他拿着顶针箍,想起昨夜如意为他缝衣服的情景。他似乎看到如意悄悄褪下顶针箍,放进了他的衣兜里——"这是咱的信物,也许有一天,当你看到这枚顶针箍时,我已经在这睡儿着了。也许有一天我不说再见,咱俩就这么永别了。"

"我等你回来。"他蓦然回首,见到如意拄着拐杖,倚门和他告别。

富春疯狂地敲开每一扇门,语无伦次地告诉那些科考队员如意在另外一个地方。有人告诉他外面的暴风雪很大,就算如意没有被雪崩埋掉,到现在也已经被冻死了。

他凶狠地告诉他们她一定活着,他是如此坚决,以至于打动了极光站的站长。那天站长亲自驾驶着一辆卡特车,带着富春和另外几名科考队员再次冲入了暴风雪。

卡特车咆哮着,沿着海岸线向富春挖的坟墓冲去。

终于,那个他亲手立起的鲸鱼骨墓碑映入眼帘。卡特车戛然而止,富春跳下车,向着那个坟墓跑去。

富春跑到坟墓边,如意正安详地躺在坑里。

雪已经在她身上覆盖了薄薄的一层,她的脸上结着一层冰霜。

他跳入坟墓,轻轻抱起已经冰冷的如意。

冰冷的她无声无息地躺在他的怀里。

一群科考队员围在坟墓边,默默望着这一幕。

富春伸出颤抖的手,搭在如意的手腕上。

一片雪飘落在如意惨白的脸上。

一丝脉搏的跳动从如意的手腕传到富春的指尖,冲破这娑婆世界的无数悲欢离合,穿越过五浊恶世的无数淋漓血泪,将一丝光芒贯入富春的心底深处。

冥冥中传来一声叹息,那个面容模糊的金色女人此刻已站在了坟墓的角落处,她望着眼前的一幕,想再次唱起冥歌,她知道没有人可以抵御这首冥歌的动人,她知道今天至少可以带走如意。

"开恩啊!"富春抬起头,冲着暴雪肆虐的苍天呼喊。

金色的女人犹豫了,低着头默默飘浮在风雪中。

此刻永恒,天色有情,大地悲悯,死神沉默。

那片雪融化了,变成一滴泪滑落如意脸庞。

如意缓缓睁开眼,和富春近在咫尺地四目凝望着。

他呼出的热气温暖了她已经冰冷的肺,她深情的目光照亮了他已经绝望的心。

"你回来了。"

"我回来了。"

如意仰望着坟墓边的那些科考队员,她没有一丝激动的神色,目光缓缓转向富春。

"我……"她道。

"嘘……"富春伸出食指,放在她的唇前。

"你哭了。"如意道。

富春感到脸上一热,伸手摸去,是久违的泪水。

他哭了。

在自以为坚强很多年后,脆弱的吴富春终于泪溃南极。

他搂着如意，默默流着泪。如意为他轻轻擦去，泪水重又流下。泪水像是纯净的小溪，流过他干涸已久的心田，滋润着他板结坚硬的心，带着一路的晶莹和温暖，流过那些心中的不可触摸之处。

富春擦去泪水，横抱起如意，站起身，大吼一声，将她托出坟墓。

从地面看，只见奄奄一息的如意被富春的双手托起，从坟墓回到了人间。

富春爬出坟墓，跪在如意面前。

他俩都没想到，恰恰是这个准备用来葬身的坟墓，在暴风雪中成了一个避风的坑。

死地成为了生地，坟墓庇护了生命。

富春想起那天他从漆黑的海底向着光芒浮上去，那天他赤裸着，颤抖着，北风如刀，让他经受了千刀万剐的凌迟之苦。那天眼前这个女人用自己温暖的身躯把他从死神边上拉了回来，那天她用温暖的胸膛焐化了他这块冰。

富春拉开外套拉链，用带着体温的冲锋衣裹住如意。

他脱去手套，温热的手握住她已经被冻僵的手。

他想起了什么，从衣兜里摸出那枚顶针箍，如意静静地望着它。

富春重新为如意戴上了那枚顶针箍。

"Aurora……有金色的，我看到了。"如意凝视着富春眼中的泪光，用微弱的声音道。

如意把头埋在富春温暖的胸膛里，静静闭上了眼，露出了幸福的笑容。

富春更紧地搂住如意，他抬头望去，只见这片大陆风歌雪舞，洋洋洒洒间，天地一片洁白。

风卷着雪，无穷无尽。

天混着地，无边无际。

无论这场暴风雪还要刮多久，太阳总会出来的。

太阳出来了，就一定会洒下光和热。

    2013年10月05日星期六2点16分　　初稿完稿
    2013年10月13日星期日1点45分　　二稿完稿
    2013年10月15日星期二0点58分　　三稿完稿
    2013年11月27日星期三21点27分　　四稿完稿
2013年11月30日星期六15点06分　　五稿完稿于极夜中的北极　　北纬79°
Svalbard Ny-Alesund 中国北极黄河站
2014年3月6日星期四3点17分　　六稿完稿于中国南极长城站
2014年4月4日星期五14点44分　　七稿完稿于禧典佛恩影业
2016年12月13日星期二22点40分　　二版修订于嗡啊泓影业

· 后记

《南极绝恋》从小说到电影，前后七年。其间四赴南极，一赴北极。

2015年10月，作为人类首部在南极大陆拍摄的故事长篇电影，我带领剧组，第四次去往南极。我们去往阿根廷最南端的小城乌斯怀亚，那里有一艘可以到达南极的破冰船等着我们。即将征战的剧组在阿根廷的布宜诺斯艾利斯稍作休整。

有天早上，我和《南极绝恋》总制片人曹欣走在阳光明媚的老城区街道上，我们看到一个招牌写着"作家咖啡馆"，我俩走进去叫了两杯咖啡。阳光很好，作家咖啡馆的玻璃窗上贴着一支鹅毛笔。我望着那支鹅毛笔，想起七年前，《南极绝恋》这条长路也是从笔下开始的。

2010年11月，我作为"文艺兵"，加入中国南极第二十七次考察队，乘坐雪龙号穿越西风带，到达了东南极普立兹湾，在中山站迎来了2011年。

东南极是苍茫的，无情中带着有情。有时我走在野外，会产生身处外星球的错觉。这里没有植物，天的蓝、山的黑、雪的白构成了全部。

中山站附近有帝企鹅和阿德利企鹅，还有一些贼鸥和海豹。我喜欢阿德利企鹅，矮矮胖胖，憨头憨脑。有一天我走在海冰上，听到一只落单的阿德利企鹅无助的叫声，于是我学着它的叫声大声耿耿叫两声。一条雪坝后，一个小家伙探出脑袋来。

"耿耿耿……"我叫它。

"耿耿耿。"它望着我。

我转身，落单的它急急忙忙跑过来，摇摇摆摆跟着我走。

那一刻我感受到南极的有情。我走在前面，小家伙跟在后面，当中保持着几米的距离。可我终究是要回去的，我朝着陆缘方向走，小家伙懵懵地跟着我。我走出海冰区，回头望去，它独自站在海冰边缘，不再跟着我走。一群贼鸥慢慢围聚，停在它的周围。我凝望着它，知道这可能是诀别。

"来啊！"我朝它挥手叫。

它默默注视我片刻，然后扭头向风雪苍茫处走去。

那群贼鸥扇动翅膀，准备攻击。我望着它的背影，感受到宿命和南极的无情。那天我在笔记上写下了一个角色：小胖。

我喜欢中山站那些被风吹破的旗帜，丝丝缕缕地破在寒风里，猎猎作响，像是一首寂寞好汉的歌。我喜欢这种刻骨的寂寞，纯粹到所有的情绪都被过滤干净，只剩下情感。

有一天我爬上一座山，远远看到一排坟墓。前几年隔壁的进步站发生过火灾，死了几个人。我没有走近，只是站在远处看。难以形容啊……那几个墓碑，远远竖立在南极荒凉的山上。那是令人敬畏的苍凉。我想起泰戈尔说的："生如夏花之绚烂,死如秋叶之静美。"

就这样，一只落单的阿德利企鹅、一面残破的旗帜、一排远远的墓碑，进入了我的小说。

过了一年。

2011年岁末,我加入中国南极第二十八次考察队,第二次去往南极,进入西南极乔治王岛一带,来到了长城站。

有一天我出门勘景,走进了一片沼泽地。

当时是南半球的夏季,冻土融化,成为沼泽。我用尽全力拔腿,但拔不出来了。泥巴稠得就像胶水,我一点点往下陷落,手足无措。这个过程很恐怖,一直陷落到膝盖时,我才想起来为什么还要那两只靴子呢?

我把小腿从靴子里抽了出来,光着脚俯下身趴在泥上,横过来滚出了沼泽地。我浑身是泥,又累又冷,蜷缩在雪地上睡了一觉。

半小时后我醒了,有了力气,想想回程还有几个小时的路要走,便扔了很多小石子在沼泽泥地上铺出一条路来。我胆战心惊地爬回陷落点,伸手把大靴子从泥巴里拽了出来。

那天,南极告诉我什么是舍得。大靴子也许是我们尘世中的某些东西,有时候它会害死你,有时候却又少不了它。

有人以为南极是出世的,我却以为南极是入世的,所有的红尘法则,在这里不是被缩小了,而是被放大了。

《南极绝恋》不是个爱情童话,《南极绝恋》骨子里是现实主义的。富春是当下许多人的缩影,充满能量,手段直接,缺乏信仰,他们火热而执念地活着,为达目的,可以牛后,也可以瓦全。而如意是我们历史上曾有的,我所怀念的那些精神贵族们,他们孤傲,刚烈,不合群,向着自己的目标,宁为鸡首,宁为玉碎。

而那个小木屋,则是我心中的归宿。当富春和如意这两块性格迥异，各有棱角的石头被命运和求生的本能捏在一起，放入小木屋的方寸之间后，在南极波澜壮阔的命运之海里颠簸时，这两块石头互相碰撞，伤害，磨合，迸发出我所渴望的最热烈的，最本能的，最真挚的救赎。

《南极绝恋》是我对娑婆界的概括。我选了一个入世的男人，一个出世的女人，一只企鹅，一个残破的小木屋，一片苍凉洁白的大陆。我试图只用这五个元素，构架出我眼中的人间。在这个人间之上的，是信仰。

长城站靠海边有八个雪白的大油罐，我在上面画了八仙，油罐很大，我搭了两层的脚手架才画完。

和东南极不同，长城站所处的西南极此时阴雨连绵，但每一次我给神仙点睛时都会云开日出，一阵金光洒下来，洒在神仙脸上。头三个我没在意，到第四个时又是阴雨骤停，霞光万丈，就觉得了不得。后来四个越来越震惊，除非亲身经历，否则难以置信。八个油罐画完，我感受到所有真善美的神明都是真神，那个能够和修女讲《玫瑰经》的老和尚是多么宽广。

又过了两年。

2013年岁末，我拿着初稿的小说去找中国极地研究中心的杨惠根主任。惠根大哥是研究高空物理的学者，在南北极有丰富的工作经验。他看完小说里有关极光的描写，担心我两次在南极时都是极昼，并未感受过真正的极光。于是惠根大哥亲自帮我安排了行程，让我去往正处极夜的北极。

我从挪威一路独行向北，到达世界最北小镇朗伊尔，而后搭乘一架双水獭小飞机，飞跃北冰洋，在颠簸的气流中，进入北极。

我在北极独自住在一个小木屋里，没有信号，没有网络，没有广播。外面漆黑一片，有北极熊，它们都很饿，所以我出门要带枪。

极夜，寂静，风声，我养成了三步一回头、五步一四顾的习惯，加上看了北极熊攻击人的视频，过得比兔子还小心。

有一天晚上暴风雪大作，极夜的暴风雪，真正的暴风雪，零下五十度的暴风雪，无法形容的暴风雪，我一个人太苦闷了，决定出去转转。

我穿上最厚的连体服，背上枪，戴上最厚的手套和帽子出了门。

十分钟后，我就被冻僵了。我的脸上戴着面罩，呵出的气体结成了冰，冻得皮肤如针刺般疼。我抱着相机往海边走，因为我想用慢门拍一张夜色中暴风雪下的北冰洋。然后我发现相机失灵了，锂电池完蛋了。我凑近相机想看个究竟，呵出的白气瞬间在相机上结了一层冰。

于是我不再从取景框里看世界，我四顾北极，在无边的夜色中，看清了在星光下呈现微蓝色的美丽人间。

混沌的雪被卷起到几十米的空中，翻滚着。呜咽的风裹着雪，将整个 Svalbard（斯瓦尔巴德）群岛、整片 Ny-Alesund（新奥尔松）属地吹得地动山摇。

极夜，很大的气场。

那时在斯瓦尔巴德岛上，有一位忘年交陪伴着我，他叫 Kim，七十多岁，身材巨大，留着圣诞老人的大胡子。Kim 是瑞典皇家科学院的院士，诺贝尔奖的评委，也是挪威皇家科学院的院士，心理年龄大约在 18 岁左右,喜欢傻笑。我俩坐在北极小木屋里,点着蜡烛聊那些极地的传说。

后来《南极绝恋》在北京摄影棚里拍摄感情戏时,七十多岁的 Kim 从挪威飞来探班。他坐在我身边,望着那些复杂装置、摄影机和绿布问我,有音,你记得感恩节那次很大的极光吗?我想起 2013 年的感恩节。

那天整片 Ny-Alesund 属地,十一个国家的科考站,加在一起只有三十几个人。大家决定开一个感恩节派对。就在感恩节派对前半个小时,我写完了这部历经南北极、历时近四年的小说。

我心想别迟到了,收拾完东西往外走,一抬头,就看到了漫天的极光。

那是我第一次见到如此盛大的极光。极光也叫 Aurora,是罗马神话中的黎明女神。

绿色极光恢弘地绽放在繁星无数的夜空中,我想起 Kim 告诉我极光下许愿会很灵验。于是在感恩节那天,我独自跪在冰原上,面对着极光,静静许愿。我想起三年前大年三十的晚上,我也离开了中山站年夜饭的宴席,跪在一座南极的山巅,独自默默祈祷。

又过了一年。

2014 年 2 月,我第三次去南极,为电影复景。玛瑙滩,西海岸,风暴湾,企鹅岛,每天背着沉重的摄影器材,走在八九级大风中。

有一天我来到科林斯冰盖下,遇到了一副座头鲸的骸骨。

时光久远,这副完整的骨架已经石化了,它平躺在寂静的海湾中,风从它头骨的窟窿里穿过,发出呜呜声,像是要和我述说。我放下背包,坐在鲸鱼巨大的头骨边,眺望着远处的纳尔逊冰盖。

近海处的冰雪化了,露出黑色海滩,天地间全是风声,世界尽头,死生无界,黑滩白雪,碧海蓝天。

那一刻我忽然灵台明澈,心情豁然,所见所闻,皆有真意。

风景和风情是不同的,前者用眼看,后者用心看。

我靠着粗糙的鲸鱼骨架,安静下来。

回国后,《南极绝恋》小说出版发行。之后我开始为电影找钱。曾有人问我,你为什么非要去南极拍?不就是一片白的吗?你为什么不去找个最近的雪地拍呢?我告诉他们我相信电影是活物,真的就是真的,即便在摄影棚里拍摄的部分,也需要南极实拍的种子。

有一天我坐在北京的一个廉价小酒店里盯着没窗户的墙壁发呆,等着去见下一个怀疑着我的投资人。我第一部电影《白相》的剪辑指导屠亦然打电话问我找到钱了吗?我说应该马上,马上就找到了。他说我帮你找找吧。我擦擦汗说好的。屠亦然介绍了宸铭影业的田原给我。

北京的冬天,田原第一次见面请我吃了一碗热乎乎的馄饨。那天我在外面跑了半天没吃饭,这碗热馄饨非常好吃。后来他介绍我认识了博学的制片人老曹,由此我遇到了《南极绝恋》的两位制片人曹欣和田原,遇到了靠谱的团队。

老曹问我你要多少钱?我说三千万。老曹说三千万不够,我给你一个亿吧。

又过了一年。

2015年10月,布宜诺斯艾利斯的那个清晨透亮明晰,连空气中飞舞的灰尘都在记忆中纤毫毕现。我和老曹喝完咖啡，起身离去。我们走在布宜诺斯艾利斯老城区的小街道上，陈旧的石板街道反射着阳光。

我和老曹并不知道几天后我们将被十五年气象资料都不曾遇到的无边无际的厚厚的浮冰困在海上，并不知道凌晨五点，船长将敲开我的房门，告诉我燃料不够了，如果六小时内找不到出路，我们就必须返航。

后来在西风带剧烈晃动的船舱里，我和老曹扶着墙沉默相对，老曹说，有音，做电影啊，你得有一颗很大的心脏。

那时南极制片吴春杰正在用卫星电话和国内联系，国内的制片团队已经在准备应急的第二方案。破冰船困在南极海上，四周全是浮冰。我和老曹去到驾驶室，船长盯着前方，每隔半小时就亲自爬上桅杆顶端瞭望冰情。他知道如果返航，对我们意味着什么。

我拿出随身带的一本佛经，放在驾驶室窗台上，开始祈祷。老曹站在我身边，望着前方。就这样，我们站了六个小时，直到云开日出，破冰船在最后一刻找到出路，冲向南极。晕船三天的剧组纷纷登上甲板，望向远处那片壮美大陆。

我劫后余生地转头望着老曹，在老曹左侧驾驶室墙上，放着一尊圣母玛利亚的像。她慈悲地望着我们，我想她知道《南极绝恋》的愿望是在南极的山巅上、北极的极光下许下的。《南极绝恋》的小说是在极昼的风雪、极夜的酷寒下写出的。

破冰船冲破坚冰，向南极冲去。

那一千四百万平方公里的寂静，是寒极，也是风极。它呈现一种与世隔绝的气质。它如同一尊石像,看淡生死,无畏别离,内心强大,四大皆空。

在那里,再虚伪的人都会撕下面具,再富有的人都会扔掉钱包,再执着的人都会放下包袱。红尘万种,俗世千般,在南极都将不复存在,那里能剩下的,只能是最本质的人性。

那场人性本恶还是人性本善的争论对我没有意义。

因为我坚定地相信人性本善,而我只写真善美的故事,这是我的傲骨,也是我的气节。

因为丑恶的东西那么多,而我应该像个战士般,以蚍蜉之力,凭书生意气,怀天真之心,借这片纯净的死生之地,写一段大悲大喜的人性大美。

想那南极……

骄阳如梦,西风如歌,四野八荒,尽是浓情。

吴有音

谢谢。您选择的是一本果麦图书
诚邀关注"果麦文化"微信公众号

南极绝恋

产品经理｜曹俊然	书籍设计｜裴峰南
责任印制｜路军飞	媒介运营｜肖　遥
后期制作｜顾逸飞	出 品 人｜路金波

图书在版编目(CIP)数据

南极绝恋 / 吴有音著. -- 南昌：江西人民出版社，2017.3
ISBN 978-7-210-09181-3

Ⅰ.①南… Ⅱ.①吴… Ⅲ.①长篇小说-中国-当代 Ⅳ.①I247.5

中国版本图书馆CIP数据核字(2017)第033841号

《南极绝恋》

吴有音 著

责任编辑 ／王华 胡晓莉
出版发行 ／江西人民出版社
印刷 ／北京盛通印刷股份有限公司
版次 ／2017年3月第1版
2017年3月第1次印刷
开本 ／880毫米×1230毫米 1/32
印张 ／6.5 印数 ／1-20,000
字数 ／167千字
书号 ／ISBN 978-7-210-09181-3
定价 ／38.00元

赣版权登字—01—2017—30
版权所有 侵权必究

如发现印装质量问题，影响阅读，请联系 021-64386496 调换。